MICHEL TREMBLAY

Michel Tremblay naît le 25 juin 1942 dans un quartier populaire de l'est de Montréal. Sa vocation d'écrivain se dessine très tôt. À 17 ans, il s'inscrit à l'Institut des arts graphiques où il apprendra son métier de linotypiste. C'est durant ces années qu'il commence la rédaction des Contes pour buveurs attardés. *En 1968,* Les belles-soeurs *connaît un succès retentissant. Depuis, Tremblay a été joué au Québec, au Canada anglais, aux États-Unis, en France, en Australie, en Hollande, en Italie, en Suède, au Zaïre, etc. Prolifique, Michel Tremblay a écrit dix-huit pièces, deux comédies musicales, six romans, un recueil de contes, cinq scénarios de films. Il a traduit ou adapté des pièces d'Aristophane, de Tennessee Williams, de Dario Fo, d'Anton Tchekhov, de Gogol. Il a écrit les paroles d'une douzaine de chansons pour Pauline Julien, Renée Claude et Monique Leyrac. Six fois boursier du Conseil des Arts du Canada, il a été nommé Chevalier de l'ordre des Arts et des Lettres de France par le gouvernement de ce pays en mars 1984. C'est pendant un séjour au Mexique, en 1968, qu'il écrit* La cité dans l'oeuf.

LA CITÉ DANS L'OEUF

S'il raconte le Plateau Mont-Royal, Michel Tremblay peut se vanter d'avoir aussi exploré l'Autre Monde. Retrouvé par Québec 10/10, *La cité dans l'oeuf* étonnera. Cette fantastique expédition dans l'imaginaire commence par un oeuf bizarre qu'un adolescent hérite de son père. François Laplante réussit à y pénétrer par un soir de grande clarté. Il y découvre une cité fabuleuse peuplée de femmes de métal, de monstres triangulaires, de dieux déchus, de nains inquiets. Les forces du mal ont investi cette cité et ses habitants cherchent leur salut. Une puissance de l'imagination, une intuition du comique, des préoccupations philosophiques profondes: voilà les qualités de cet écrivain qui marie la mythologie avec la science-fiction. Ce roman v̶ ̶ ̶ ̶ ̶ ̶ ̶ ̶ ̶. Entrez dans cette ville étrange...

La cité dans l'oeuf

*La collection Québec 10/10 est publiée
sous la direction de Roch Carrier.*

Illustration de la page couverture: Suzanne Brind'Amour

Éditeur: Éditions internationales Alain Stanké.

ISBN 2-7604-0253-3

Dépôt légal : 2e trimestre 1985

Imprimé au Canada

La cité dans l'oeuf

Stanké

roman

A Jean Archambault

« Les choses mystérieuses ne s'expliquent que par des choses plus mystérieuses encore. »

Jean Ray

« De la croyance des hommes sont nés les dieux . . . »

Voltaire

« Il a suffit d'un rêve de femme ou de poète pour faire naître un dieu. »

Sterne

« Est-ce le sommeil ou la veille qui m'a apporté la vérité ? »

Mrs Blavatsky

« Les dieux étaient soumis à la loi du Destin, ils ne pouvaient rien contre lui . . . »

La mythologie

PREAMBULE

J'ai récopié le manuscrit de François Laplante fils, au cas où je ne pourrais pas le garder. Ce manuscrit est la seule chose qui n'a pas été détruite lors de l'incendie de la maison Laplante. Il semble se détériorer très rapidement et les premières pages ont déjà commencé à pourrir...

Moi, je persiste à croire que toute cette histoire est vraie! On m'a traité de fou, de rêveur, de charlatan; les journaux se sont même emparés de l'affaire et le public a ri très fort de mes « suppositions ». Mais qui, qui, parmi tous ces gens qui rient de moi aujourd'hui, peut me prouver que j'ai tort? Qui peut me démontrer que l'histoire de l'Oeuf est fausse et que les deux François Laplante ont menti? Dans un cas comme celui-ci, on ne fait pas appel au bon sens! Le bon sens n'existe plus, il faut abattre les barrières de notre entendement lorsqu'on arrive devant un manuscrit comme celui de « La Cité dans l'Oeuf » et essayer de voir plus loin en avouant en toute humilité que « cela est possible ». Car « cela est possible »! Le Grand Ailleurs dont François Laplante fils prétend avoir exploré un des vestibules existe! Des mondes parallèles à notre monde ou

15

voyageant à l'inverse évoluent autour de nous et peut-être nous épient! Des êtres infiniment plus intelligents ou plus ignorants que nous vivent dans le Grand Ailleurs, et se reproduisent, et meurent! Notre monde quadridimensionnel n'a aucune raison d'être le seul monde existant et possible! Ce manuscrit trouvé dans la maison Laplante en fait foi! Je crois sincèrement que François Laplante fils a visité ce monde effarant qu'il nous décrit et je crois aussi que si on n'a pas retrouvé son corps, si on n'a pas retrouvé l'Oeuf non plus, c'est que les prédictions de Wolftung se sont réalisées: François Laplante a fini par accepter de devenir un Grand Initié et l'Oeuf est retourné sur la planète verte qui le rappelait à elle depuis des millénaires.

Voici donc fidèlement recopié ce texte illogique, au style parfois malhabile, monotone et obscur, parfois délirant comme un cauchemar, que j'ai découvert sous les débris calcinés de la maison d'Outremont; histoire à la fois horrible et merveilleuse où les portes de l'Inconnu ont été entrebâillées pour laisser un humain se faufiler dans un monde tellement différent du nôtre qu'il nous semble impossible, à nous, rationalistes......

N.B. J'ai séparé le manuscrit en différentes parties pour en rendre la lecture plus accessible. Mais c'est la seule retouche que j'ai faite à l'oeuvre de François Laplante fils.

M.T.

François Laplante père parle :
L'invraisemblable histoire de l'Oeuf.

Le télégramme arriva un lundi, par le courrier du matin. On m'apprenait le plus simplement du monde que mon oncle Charles venait de mourrir et que, étant son seul parent, j'héritais de toute sa fortune. Mon oncle Charles ? Je ne me connaissais pas d'oncle Charles ! Pourtant, le télégramme m'était bien adressé : M. François Laplante, 1833, rue Sainte-Geneviève, Montréal. Mon oncle Charles... voyons... Charles... Non, j'étais bien sûr de n'avoir jamais entendu parler d'un Charles dans la famille ! Il faut dire cependant que je ne connaissais pas très bien la toujours fuyante et étrange famille de ma mère. Il était donc plus que probable que ce Charles fût un quelconque parent éloigné du côté de celle-ci... Mais quand même, bon Dieu, s'il y avait eu un Charles dans la famille, on me l'aurait dit ! Surtout un Charles à héritage ! Moi, des choses comme ça, ça m'énerve ! Je ne dormis pas pendant deux jours. Heureusement, le mercredi matin, arriva une lettre qui expliquait tout. Ou à peu près...

* * *

C'était mon premier voyage en avion.   Il fallait bien qu'on me promette une fortune pour que j'accepte de monter dans un de ces engins diaboliques !   Surtout à cette époque où, quand on quittait la piste, on n'était jamais certain de pouvoir atterrir à bon port !   J'étais en route pour le Paganka. Jamais entendu parler.   On m'avait dit que c'était un petit pays, un tout petit pays.   Quelque part en Afrique . . .   J'avais donc pris un billet aller-retour pour quelque part en Afrique et je me retrouvais à quatre ou cinq mille pieds dans les airs, avec un vertige de tous les diables et un océan au grand complet avec tous ses accessoires, monstres et périls, sous mes pieds.

Oui, on me promettait une très grosse fortune.   Angus-Anthony-Charles Halsig, un cousin éloigné du côté de ma mère (j'avais donc raison), venait de mourir à Kéabour en laissant toute sa fortune à François Laplante, de Montréal (c'était moi).   Je trouvais l'histoire assez invraisemblable mais quand on vous offre une fortune, fût-ce même une très petite fortune, peu vous chaut sa provenance ou ses sources douteuses; vous empochez le magot et bonsoir la compagnie ! Du moins, c'est ce que je me disais en regardant défiler l'océan à travers les nuages.   Je me disais : « Mon p'tit vieux, quand tu auras ta fortune en mains, ne te laisse pas attendrir par le paysage qui t'entoure s'il est beau et ne t'apitoie pas sur lui s'il ne l'est pas :   prends ton avion et reviens vite à Montréal.   Tu n'es pas fait pour l'Afrique et l'Afrique peut probablement se passer de toi ! »

Dans cette lettre, que j'avais reçue le mercredi matin, on m'apprenait aussi que mon oncle (c'était un cousin, mais ils persistaient à l'appeler mon oncle) avait fait fortune dans les mines de graft — encore une chose dont je n'avais jamais entendu parler — et qu'il me laissait quelques centaines de milliers de dollars — là, j'avais failli perdre connaissance ! — une somptueuse villa au bord de la mer ... et un village. Oui, j'héritais d'un village de quatre cents âmes ! On m'apprenait la chose comme s'il s'agissait d'une simple voiture sport ... Je ne savais vraiment pas ce que je ferais du village et de ces quatre cents âmes mais je me proposais bien de vendre la somptueuse villa au bord de la mer et de revenir au plus vite dans mon pays en tout cas ! D'ailleurs, c'eût été tellement plus agréable si on m'avait gentiment expédié toute ma fortune à la maison ! Mais non. Papiers à signer ... «Et peut-être monsieur aimera-t-il notre beau pays ? Peut-être voudra-t-il y séjourner quelque temps ? Les gens du village de monsieur sont tellement désireux de connaître leur nouveau maître ... » Comme si j'avais jamais eu l'air maître de quelque chose, moi, le petit François Laplante ! Non, non, non, une ou deux petites réceptions s'ils y tiennent, et puis ...

* * *

Et dire que la veille encore j'étais en pleine civilisation ! Comment des êtres humains peuvent-ils en arriver à accepter de vivre dans de telles conditions ? On avait beau me dire qu'ils ne connaissaient rien d'autre, ma somptueuse villa au bord de la mer était là pour le démentir ! Je savais très bien que les habitants du Paganka se rendaient parfaitement compte de leur situation quand ils regardaient la magnifique maison que mon oncle s'était fait bâtir à côté de leur village. Ou, plutôt, de son village. Comme ils avaient dû le détester leur bien-aimé Charles Halsig! (Enfin, moi, j'ai fait ce que j'ai pu. Je leur ai offert de leur rendre leur liberté... je leur ai même fait distribuer des cadeaux! Et voilà que... enfin, n'anticipons pas, cela viendra en son temps...)

Je n'ai vraiment jamais vu un pays aussi laid et aussi pauvre que le Paganka. Les gens qui l'habitent sont appelés *Hommes bleus* à cause de l'affreuse couleur bleuâtre de leur peau. Et ils sont sales! Chose curieuse entre toutes, les femmes de cette contrée ne se coupent jamais les cheveux! Ni ne les lavent! Les plus vieilles traînent derrière elles une masse de cheveux de plusieurs pieds de long qui ressemble à du fumier séché. C'est vrai! D'ailleurs quelqu'un d'autre que moi a aussi parlé de ce pays après, oh! longtemps après ce voyage que j'y fis... Quelqu'un à qui la chance sourit beaucoup moins qu'à moi toutefois... [1]

Lorsque j'arrivai à Kéabour, la capitale, on me reçut comme un roi. Les gens riches sont si rares dans ce coin-là... Je me rendis au plus vite chez le notaire de mon oncle Charles. Le Paganka est un pays bien étrange mais ses notaires sont en tous points semblables à ceux des autres pays du monde; il serait donc inutile de décrire monsieur Youn Zeff. Oui, c'était là son nom. Monsieur Zeff fut très gentil, excessivement même (il ne faut pas oublier que je représentais quelque chose comme six ou sept cents mille dollars) et, pour

_____

[1] Voir *Contes pour buveurs attardés* : *L'oeil de l'idole.*

22

m'être agréable, il simplifia le plus qu'il put les nombreuses formalités que je devais remplir avant de jouir librement de ma fortune.

Enfin je pus prendre possession de mes biens ! Ce fut un instant inoubliable que celui où je pus me dire que j'étais presque millionnaire ! Moi, François Laplante, à peine contremaître d'une fabrique de produits pharmaceutiques (et quand je dis contremaître d'une fabrique, il faut entendre contremaître d'un des laboratoires de la fabrique) en trois jours j'étais devenu le richissime propriétaire de deux mines de graft, d'une somptueuse villa au bord de la mer et chef suprême d'un village africain de quatre cents âmes ! Sublime instant !

(J'avais d'ailleurs songé à acheter l'usine où je travaillais juste pour faire suer mes patrons et mes camarades de travail mais j'ai préféré me contenter de donner ma démission à mes chefs en leur laissant sentir que je pourrais les acheter quand je voudrais, et inviter mes compagnons de travail à dîner dans la maison magnifique (avec deux piscines !) que j'avais acquise dès mon retour à Montréal . . . Ils ont sué autant et je ne me suis pas embarrassé d'une stupide fabrique de produits pharmaceutiques . . .)

Donc, j'étais immensément riche et non moins heureux. On m'offrit de visiter mon village et j'ai déjà dit ce que j'en avais pensé. J'ai tout de suite remarqué que *mes gens* me regardaient d'une étrange façon et j'ai compris qu'ils me haïssaient déjà. Quand ils me parlaient du bien-aimé Charles Halsig, je savais ou plutôt, je sentais ce qui transpirait sous ces mots charmants et je me disais que je ne tarderais sans doute pas à devenir moi aussi leur « bien-aimé François

Laplante » ! Je résolus donc de rester le moins long-temps possible à Lounia (c'était le nom de mon village) et de revenir tout droit à Montréal par le premier avion (via Le Caire, Paris, New York, évidemment).

* * *

Dès que j'eus posé le pied dans ma villa, on me présenta une photographie du bien-aimé Charles Halsig. J'avoue en toute franchise que ce portrait ne me réconcilia pas du tout avec la famille de ma mère, dont on m'avait dit tant de mal et que j'avais fini par détester plus par habitude que pour des raisons bien précises. Mon oncle Charles arborait une de ces mines patibulaires qu'on ne rencontre ordinairement qu'au cinéma; une de ces mines dont on préfère s'imaginer qu'elles n'existent pas réellement, qu'elles sont oeuvre de maquilleurs experts ... Lorsqu'on raccrocha la photo du bien-aimé à sa place, je me promis de la descendre à la première occasion, ce que je fis d'ailleurs de grand coeur ! Mon oncle Charles avait dû être, à en juger par cette photo, un fier bandit !

Ma villa était vraiment très belle. Elle avait dû coûter une fortune et je me demandais bien qui pourrait l'acheter dans ce pays galeux ... D'ailleurs, elle est encore à vendre, je crois ! Si elle existe toujours. J'ai déjà dit que les habitants du Paganka sont très sales mais je n'en ai jamais vu un qui ne se soit essuyé les pieds pendant au moins dix minutes avant de pénétrer dans la villa. La villa était sacrée pour eux. C'était le sanctuaire, l'église du village. On la vénérait ! Il faut dire aussi que c'était la seule belle chose que ces pauvres gens possédaient. Je m'installai donc dans ma propriété pour trois jours et j'y passai cinq mois ! Des mois bien agréables, je dois l'avouer. Les jours s'écoulaient entre les bains de mer, les plantureux repas, exotiques pour moi et que j'avais fini par adorer, et les souvenirs de mon oncle Charles...

Ce dernier avait rapporté de ses voyages autour du monde un nombre imposant de souvenirs et de trophées de chasse : de longues sarbacanes, armes meurtrières d'Amérique du Sud, avec quelques fléchettes empoisonnées; une défense d'éléphant dont le bout s'était brisé, peut-être dans la lutte ; toute une famille de sarigues empaillées avec leurs queues emmêlées et dont la mère avait pris un air sévère pour protéger ses petits; une étrange panoplie dont je n'aurais pu définir l'origine : des sabres larges et recourbés qui venaient peut-être d'Asie, ou du nord de l'Afrique; des poupées japonaises multicolores et minuscules; un boomerang (que j'ai essayé, d'ailleurs, et que je n'ai jamais retrouvé après l'avoir lancé de toutes mes forces en direction de la mer); une dent, très grosse, blanche comme la craie, une dent effrayante dont je préférais ne pas imaginer la provenance; un vase grec aux dessins érotiques à demi effacés ; une Tanagra, peut-être fausse, mais très belle (je dis peut-être fausse parce qu'elle était intacte et que les Tanagras intactes...); un extraordinaire collier inca, incroyable de couleurs et très lourd; et un oeuf de verre.

J'arrive ici au point le plus important de mon récit : l'œuf de verre. L'œuf qui devait déclencher toute cette invraisemblable histoire de monstres, de planète verte et de je ne sais quoi encore...

Je l'avais trouvé au fond d'un coffre, enfoui dans la poche d'un kimono japonais. Je ne crois pas qu'on l'y avait caché, non, je pense seulement qu'on l'avait oublié là comme une chose sans importance. Pourtant... Je me demande si Charles Halsig savait la peur que provoquait chez les Louniens la seule vue de cet œuf... Il n'était pas très gros, de la grosseur du poing, peut-être, et il avait dû rouler au fond de la poche du kimono sans que mon oncle songe à aller l'y denicher. J'aimais beaucoup cet œuf. Ce n'était toutefois pas sa beauté qui m'attirait, non, c'était plutôt son étrangeté... J'ai dit que c'était un œuf de verre mais je n'ai jamais été certain qu'il fût en verre. Aujourd'hui encore je suis tenté de croire qu'il est fait d'une substance inconnue... Je ne saurais dire... J'ai souvent essayé de le briser, ou, tout au moins, de l'égratigner, sans jamais y parvenir. Sa substance est plus dure, plus éclatante aussi que le verre. J'ai déjà pensé que ce pouvait être un diamant, mais un diamant de cette grosseur est une chose inconcevable. Et le diamant est quand même une substance friable... Ce qui m'attirait le plus dans cet œuf et me faisait rêver, c'était l'épaisse vapeur verte dont il semblait être rempli. Je suis sûr que c'est une vapeur parce que cela se meut lentement comme une fumée... Je me demandais comment on avait pu introduire de la vapeur dans un œuf aussi dur ! Je passais des heures et des heures devant mon œuf, à l'examiner, à le peser, à rêver de son origine...

Je n'étais donc plus pressé de revenir à Montréal, heureux que j'étais au milieu des souvenirs de mon oncle et de ceux que j'étais en train de me fabriquer. Je m'étais aussi pris de passion pour le Paganka, moi qui n'avais jamais connu la plus petite passion pour quoi que ce soit ! J'avais visité mes mines de graft et vite compris que la fortune de mon oncle ne provenait pas de là parce que le graft est un métal absolument sans valeur. Mais cela m'avait permis de rencontrer nombre de sujets du Paganka, des gens que j'avais trouvé sympathiques et qui n'avaient pas semblé me détester. On disait de moi à Kéabour que j'étais plus doux, plus gentil que feu Charles Halsig et que mes « sujets » commençaient à m'aimer... Je me proposais donc de passer dans mon nouveau pays une période indéterminée, à me balader de Lounia à mes mines, à visiter les quelques amis que je m'étais faits à Kéabour et à me prélasser dans ma somptueuse villa au bord de la mer, lorsque la chose se produisit...

C'était à peine une semaine après que j'eus offert aux habitants de Lounia de leur rendre leur liberté. (Ils avaient été très touchés, s'étaient prosternés jusqu'à terre comme c'est la coutume chez eux mais avaient catégoriquement refusé. Ils m'aimaient beaucoup, disaient-ils, parce que j'étais un chef doux et raisonnable, et ils avaient peur de tomber entre les mains d'un brigand si jamais ils recouvraient leur liberté... Je n'avais pas discuté. Après tout, j'avais fait ce que j'avais pu. S'ils étaient heureux avec moi, tant mieux ! Pour ma part, j'étais tout à fait heureux avec eux ! J'avais donc fait distribuer des cadeaux à tout le monde pour sceller à jamais le pacte d'amitié qui devait désormais nous unir les Louniens et moi et je m'étais à nouveau replongé dans les souvenirs de mon oncle; souvenirs que je lui inventais grâce à ses trophées de chasse et qui ne tardèrent pas à devenir les souvenirs de mes chasses à moi, de mes voyages à moi...)

Un matin, au retour du premier bain de mer de la journée, je m'étais installé dans un fauteuil du salon et j'avais sorti l'œuf de verre de l'étui où je le tenais depuis le jour de ma découverte. Je rêvassais en le contemplant, je l'approchais très près de mes yeux et parfois je le regardais de très loin en le tournant en tous sens. Je me demandais pour la centième fois au moins de quelle contrée secrète provenait cet étrange caillou lorsqu'un de mes serviteurs entra dans le salon sans frapper. Il était très rare qu'on me dérangeât de la sorte et, sous le choc que produisit en moi mon retour brutal à la réalité, j'échappai l'œuf qui roula aux pieds du serviteur. Celui-ci, confus, le ramassa sans lui porter attention et me le rendit en s'excusant. Mais dès que j'eus en mains l'œuf de verre, le serviteur sembla l'apercevoir pour la première fois; il blêmit, poussa un cri de terreur, me regarda avec des yeux remplis de frayeur et sortit de la villa en courant. Je me levai et le regardai s'éloigner : il criait comme un fou en se dirigeant vers le village. Il disparut derrière la première maison de Lounia.

Troublé par ce bizarre incident, je revins m'asseoir dans mon fauteuil. Ce serviteur connaissait donc l'œuf ! Et d'où venait cette terreur qui s'était peinte sur son visage quand il l'avait aperçu ? L'œuf était-il un objet tabou du Paganka ? Toutes ces questions m'assaillaient et je commençais à ressentir un sérieux mal de tête lorsque j'entendis un brouhaha à l'extérieur de la villa. Toute la population de Lounia s'était massée devant ma porte. On se battait presque pour re-

28

garder par la fenêtre du salon. Lorsque je parus dans l'encadrement de cette fenêtre et que je levai le bras en signe d'amitié le foule se mit à hurler. On brandissait des lances, on me criait des injures, quelques enfants qui se tenaient derrière lancèrent même des pierres dans ma direction. Stupéfait, j'essayai de prendre la parole mais la foule redoubla de cris et d'injures. A la fin, exédé, je hurlai de toutes mes forces : « Silence ! Arrêtez de crier ainsi et expliquez-moi ce qui se passe, bon Dieu ! ». Je m'aperçus alors que je tenais encore l'œuf mystérieux dans ma main droite. Tous les regards étaient braqués sur lui et c'est à lui que semblaient s'adresser cris, pierres et injures. « Attendez une petite seconde, dis-je, je vais sortir de la villa et nous allons nous expliquer. » Je fourrai l'œuf dans une poche de mon pantalon et je sortis.

Je ne savais pas alors que je ne remettrais plus jamais les pieds dans ma villa . . .

* * *

J'eus peine à me tenir debout et à réprimer les frissons que je sentais naître le long de mon échine lorsque je m'aperçus combien la foule était en colère. Et contre l'œuf et contre moi. On me réclamait l'œuf avec force cris et force menaces. Mais, chose curieuse, on n'osait pas m'approcher ! Je ne savais pas pourquoi mais les Louniens gardaient leur distance tout en me menaçant. Un cercle de villageois s'était formé autour de moi mais pas un seul homme n'osait s'approcher à moins de dix pieds. Lorsque je tournais sur moi-même je ne voyais partout que visages menaçants et regards haineux mais je sentais tout de même une pointe de terreur sur ces visages et dans ces regards. Les Louniens semblaient avoir aussi peur que moi !

J'avais tout de suite répondu que je ne voulais pas me séparer de l'œuf, qu'il avait appartenu à mon oncle et que je voulais le garder en souvenir . . . J'aurais bien pu tout bonnement le leur donner, mais sans trop comprendre pourquoi et malgré la peur qui me torturait j'avais décidé de leur tenir tête. « Pourquoi voulez-vous cet œuf ? » leur demandai-je en prenant mon courage à deux mains. « Mon oncle vous l'aurait-il volé ? »

— Non, répondit un vieillard, il l'a pas volé. Il a dû le trouver là où nos ancêtres l'avaient jeté : dans la mer. Cet Oeuf n'est pas bon, maître, il faut le rendre à la mer !

— Que voulez-vous dire ? demandai-je encore.

— Ne pose pas de questions et jette cet Oeuf à la mer, me fut-il répondu. M'ghara le réclame et il faut le lui rendre ! Tu vas attirer sur nous la colère des dieux, maître ! Tu tiens dans ta main le pouvoir des hommes de la planète verte !

— Qui sont ces hommes et qui est ce M'ghara ? demandai-je à nouveau. Et quelle est cette histoire de planète verte ?

Il y eut un long silence avant que le vieillard me répondît :

— Je ne peux rien te dire. M'ghara pourrait m'entendre . . . Ces hommes sont des anges venus du passé et cet Oeuf . . .

— Tais-toi, vieillard, cria une femme, ne dévoile pas le secret de l'Oeuf ! Ne crains-tu pas de voir les êtres d'Ailleurs revenir ?

En entendant ces mots le vieillard recula. Il tremblait. La foule semblait être sous l'emprise d'une telle frayeur que cela calma un peu mon angoisse. J'avais donc un avantage sur eux : ils ne m'attaqueraient pas tant que j'aurais l'œuf en ma possession. Ils voulaient que je jette l'œuf à la mer mais ils ne voulaient sous aucun prétexte le toucher... Je sortis l'œuf de ma poche et je commençai à avancer vers les Louinens. Toute ma peur disparut d'un coup lorsque je vis la foule reculer à mesure que j'avançais vers elle. J'étais toujours encerclé mais le cercle se déplaçait avec moi. Je commençais à être tout à fait rassuré lorsqu'un petit garçon eut la malencontreuse idée de ramasser une pierre et de la jeter dans ma direction... Les Louiniens, en voyant cela, eurent tous la même idée et l'on commença à me lapider de la plus belle façon.

La peur me reprit. Je fourrai l'œuf dans ma poche et me tournai mers la mer qui semblait être le seul moyen de fuite qui me restait.

A moins de deux cents brasses du rivage je vis une barque, toutes voiles dehors, qui se dirigeait vers Kéabour. Les hommes qui étaient à son bord s'étaient rendus compte que j'étais en très mauvaise posture et ils me faisaient de grands signaux. Je me mis alors à courir dans la direction de la mer, trébuchant sur les cailloux de la plage, titubant sous les douleurs que me causaient les pierres lancées à toute volée par mes sujets. Je parvins enfin à entrer dans l'eau.

Personne ne chercha à me rejoindre. Tous mes poursuivants restèrent sur la grève, espérant sans doute que je me noie et que je rapporte ainsi l'œuf à M'ghara. Mais je suis un maître nageur et au bout de quelques minutes à peine j'avais rejoint la barque.

Je me rappellerai toujours la stupéfaction qui se peignit sur le visage des Louniens lorsqu'ils virent que j'étais sauvé et que j'emportais l'œuf sacré de M'ghara avec moi. Ils restèrent deux bonnes minutes silencieux, pétrifiés, les yeux hagards; puis, soudain, ils se mirent à hurler et à gémir comme des fous en attaquant sur la plage une féroce danse de guerre.

* * *

C'est de cette ridicule façon que je suis entré ou plutôt que je suis resté en possession de l'œuf de verre.

Je ne suis jamais retourné en Afrique. J'ai essayé de faire transporter à Montréal les souvenirs de mon oncle Charles mais on m'a dit que les Louniens les avaient tous volés. On n'avait pas touché à la villa elle-même mais on avait fait main basse sur tous les trophées de chasse de Charles Halsig et on les avait jetés à la mer avec tous les meubles et tout ce qui se trouvait à l'intérieur de la maison. J'appris par la suite que les Louniens s'étaient vendus à un chasseur d'éléphants et qu'ils avaient déménagé en masse parce qu'ils avaient peur de la vengeance des dieux.

Evidemment, je ne suis jamais arrivé à vendre la somptueuse villa au bord de la mer. De toute façon, avec les années, elle a dû perdre toute sa beauté et toute sa valeur.

Qui sait, elle n'existe peut-être plus du tout.

Mais moi, j'ai gardé l'œuf de verre et je me demande bien pourquoi.

Ainsi s'achève l'histoire que me raconta des centaines de fois mon père, jadis. J'étais un petit garçon, alors, et l'Oeuf exerçait sur moi une réelle fascination. Mon père me l'avait donné. Je l'avais posé sur ma table de chevet et chaque soir avant de m'endormir je le regardais, je l'observais à la loupe, je scrutais la brume verdâtre qui cachait ce qu'il contenait, si toutefois il contenait quelque chose. Et je rêvais. Mais peut-être les gens du Paganka avaient-ils menti, peut-être l'Oeuf était-il vide ?

PREMIERE PARTIE

AVANT

I

J'avais douze ans lorsque mon père me fit présent de l'Oeuf. Il le fit simplement, sans cérémonie. Il m'appela un jour dans son bureau et me dit que je pouvais emporter l'Oeuf dans ma chambre, qu'il me le donnait « à condition toutefois que tu en prennes bien soin et, surtout, que tu ne l'égares pas ». Il me faisait ce cadeau parce que j'avais passé brillamment mes examens de septième année et surtout parce que j'avais formulé le désir d'entreprendre mes études classiques, études pour lesquelles mon père entretenait une vénération particulière. « Vous comprenez, j'aimerais que mes fils aient tout ce que je n'ai pas eu et surtout la chance de pouvoir poursuivre leurs études. Mais je les laisse entièrement libres. S'ils ne veulent pas s'instruire, ils ne s'instruiront pas. Ma fortune est là pour les protéger... Je suis comme ça, moi, je laisse mes enfants entièrement maîtres de leur avenir ! Mais ils sont intelligents et ils comprendront qu'aujourd'hui... » Mon frère Luc, qui avait dix-huit ans

39

à l'époque dont je parle, n'avait pas voulu poursuivre ses études et mon père l'avait laissé faire. Il était très beau, il était l'héritier d'une très grande fortune, il n'en demandait pas davantage. Il n'avait pas besoin de réussir, disait-il. « Fils à papa » était même une expression qui le flattait ! Moi je disais que Luc était un sans-cœur et un paresseux; j'étais persuadé qu'il était incapable d'aimer autre chose que sa mignonne petite personne et pourtant, lorsque mon père est décédé, Luc est mort de chagrin...

Donc, l'Oeuf. Il était enfin à moi ! J'allai tout de suite le montrer à Luc qui me dit que j'étais stupide de faire tant de chichi pour un vulgaire presse-papier (c'était ainsi que mon père s'en était toujours servi). Luc ne croyait pas à l'histoire de l'Oeuf. Il disait que notre père avait inventé cette histoire parce que nous lui avions demandé comment il avait fait fortune et qu'on ne dit pas comment on a fait fortune... J'avais couru m'enfermer dans ma chambre, j'avais serré l'Oeuf contre mon cœur et j'avais prié pour que son histoire fût vraie !

Je demandais très souvent à mon père de me raconter son aventure. Luc s'en était vite fatigué mais moi, elle me passionnait. Je la savais par cœur et même, parfois, je me la récitais. Mais lorsque mon père lui-même fermait les yeux, se calait dans son fauteuil et commençait à parler, lentement, savourant chaque mot, cet invraisemblable récit prenait des dimensions inimaginables dans ma tête; je revoyais tout : le Paganka, Lounia et ses habitants bleus, surtout les femmes avec leurs cheveux sales, la somptueuse villa au bord de la mer, et jen vivais intensément chaque moment, prévoyant ce qui allait arriver mais mourant quand même de peur... A vrai dire, mon père avait joué un rôle passif dans tout cela, mais qu'importe, c'était quand même à lui, mon propre père, que cela était arrivé ! De là à ce qu'il devînt un héros dans ma tête, il n'y avait qu'un pas, que je m'étais d'ailleurs empressé de franchir : pour moi, mon père était une espèce de demi-dieu possesseur de grands secrets et lorsqu'il faisait dire au vieillard de l'histoire que l'Oeuf contenait le pouvoir des hommes de la planète verte, j'étais persuadé qu'il en savait plus qu'il ne voulait m'en dire et j'osais formuler l'espoir qu'il s'abaisserait un jour à m'en apprendre un peu, un tout petit peu plus . . .

Le fait que mon père soit mort sans m'en dire davantage me désillusionna fort. J'étais encore très jeune, j'avais quatorze ans, et je n'avais jamais pensé que mon père, surtout lui, pût un jour mourir . . . Les demi-dieux ne meurent pas ! Après la mort de mon père il me restait bien l'Oeuf, mais le doute, l'affreux doute qui détruit tant de choses et tant de vies, était entré en moi et je commençais à croire que cette masse de verre n'était que du verre et rien d'autre. Et que mon frère Luc avait raison : après tout, mon père n'était peut-être qu'un imposteur . . .

II

La première manifestation de l'œuf se produisit avant
la mort de mon père, quelques mois à peine après que
celui-ci m'eut fait ce cadeau qui me rendait si heureux. Aujourd'hui, je crois fermement que c'était un avertissement venu
de ce monde à la fois merveilleux et répugnant mais lorsque
cela arriva et que je fus si malade, tout le monde crut que
j'avais fait un mauvais rêve ... ou que j'avais un peu trop
d'imagination.

Chaque soir, mes devoirs finis et mes leçons apprises,
je m'installais dans mon lit en remontant les oreillers pour
pouvoir m'asseoir confortablement et je prenais l'Oeuf qui
trônait sur ma table de chevet. Je passais des heures à l'examiner, à le retourner en tous sens, comme l'avait jadis fait mon
père quand il était au Paganka; l'Oeuf devenait tiède à force
d'être caressé et c'était pour moi une grande joie que de le
rouler sur mon visage et sur mon ventre, ou de le tenir très
serré dans mes mains en soufflant entre mes doigts pour le

réchauffer davantage... Il m'arrivait souvent de m'endormir avec l'Oeuf dans mon lit et le matin je le retrouvais sous mes oreillers, entre mes draps, ou même par terre à côté du lit. Je pensais continuellement à l'Oeuf, même à l'école, et mes études s'en ressentaient. Le soir, je me dépêchais d'étudier mes leçons et je bâclais mes devoirs pour rapprocher l'instant où je le tiendrais enfin dans mes mains et où je pourrais rêver à ma guise... C'était devenu une idée fixe. Et mes rêves prenaient parfois des proportions assez alarmantes pour un garçon de mon âge !

J'avais remarqué que la brume à l'intérieur de la boule de verre changeait de couleur à peu près une fois par mois, qu'elle pâlissait un soir et qu'elle reprenait sa teinte ordinaire deux ou trois jours plus tard. Cela me tracassait fort. J'inventais toutes sortes d'histoires impossibles pour éclaircir ce mystère et je passais parfois toute une soirée à imaginer un conte fantastique expliquant pourquoi l'Oeuf changeait de couleur... Ce que j'ai pu en inventer pendant cette période, des aventures plus invraisemblables les unes que les autres et se terminant toutes par un grand malheur... !

Si mon père avait su la place primordiale qu'avait prise son Oeuf dans ma vie, il me l'aurait très certainement enlevé et l'aurait caché dans un endroit secret. Et peut-être aurait-il eu grandement raison !

Un soir, c'était en novembre, un novembre sale et tout mouillé qui annonçait à grands coups d'averses froides l'hiver proche, je m'étais couché très tard parce que c'était vendredi et que le vendredi j'avais la permission de regarder le dernier film à la télévision, et je n'arrivais pas à m'endormir.

Le film que je venais de voir m'avait excessivement excité et j'étais incapable de me calmer; je me tournais sans arrêt dans mon lit sans pouvoir trouver une position confortable et je commençais à ressentir ce besoin de chanter qui s'empare toujours de moi lorsque je suis surexcité. Je me mis donc à chantonner et cela sembla me faire un peu de bien. La pluie cognait contre les vitres de ma fenêtre et j'essayais de lier mon chant à son rythme en battant la mesure avec mon pied. L'Oeuf de verre, que je tenais contre ma poitrine, se réchauffait tranquillement... Je finis par m'assoupir.

Vers le milieu de la nuit, je fus éveillé par le bruit que fit l'Oeuf en roulant à bas du lit. Tout d'abord, je me demandai d'où provenait ce bruit insolite puis, voyant que l'Oeuf n'était plus contre moi, je compris et me penchai en dehors de mon lit pour le ramasser.

Je fus très étonné de m'apercevoir que l'œuf brillait faiblement sur le tapis. Je le pris dans mes mains et l'examinai attentivement. La brume en était presque entièrement disparue, mais il avait gardé sa teinte verdâtre et avait pris une sorte de phosphorescence qui le rendait irréel.

Cette phosphorescence disparut au bout de quelques minutes et avec elle la brume s'évapora complètement. Il ne resta plus... comment dirais-je... il ne resta plus qu'un Oeuf et du Vert. Beaucoup de Vert! J'eus une sorte de vertige, comme si je basculais dans le vide, puis...

Il y avait longtemps, très longtemps que j'étais dans le Vert; j'étais très mal, des nausées me secouaient et, parfois, un horrible mal de tête m'assaillait. Je ne pouvais pas bouger. J'étais paralysé au milieu du Vert et la vue était le seul sens

dont je pouvais jouir. Et très faiblement. J'étais dans une
immense maison . . . J'attendais le signal. Je savais que j'attendais le signal. J'essayais de me rappeler lequel, mais
mon esprit était vide; aucun souvenir, aucune connaissance,
rien, absolument rien ne comblait le vide de ma tête et seule
une fulgurante douleur me déchirait le cerveau lorsque j'essayais trop longtemps de réfléchir. Je savais que cela durait
depuis très longtemps. Peut-être avais-je toujours été là,
dans le Vert, les yeux ouverts, le corps secoué de nausées,
attendant le signal et ne faisant rien d'autre qu'attendre le
signal ! Mais, soudain, alors qu'un éclair de douleur me
traversait le cerveau, je me revis dans ma maison de Montréal :
j'étais assis dans mon lit et je regardais quelque chose que
je tenais dans ma main. Cela dura à peine une fraction de
seconde mais ce fut suffisant pour me faire comprendre que
je n'étais plus un petit garçon en pyjama mais autre chose,
un être en attente quelque part, avec une autre tête que la
mienne et un esprit vierge de souvenirs. Je restai un long
moment à contempler cette stupéfiante révélation sans y
rien comprendre . . .

   Longtemps après, mes autres sens s'éveillèrent lentement.
J'avais l'impression de sortir d'une longue léthargie, comme
si j'avais dormi, ou veillé, immobile, sans rien ressentir, pendant des centaines d'années.

   Tout d'abord, l'ouie. Des sons étranges que je ne pouvais identifier pénétrèrent doucement dans ma tête; des bruits
longs, monocordes, qui se répétaient sans cesse et qui me donnaient une vague impression de bien-être, comme si mon sang
se fût mis à circuler et mon coeur à battre avec eux. Puis,

l'odorat. Mes nausées furent chassées d'un coup par une agréable odeur qui m'enivrait. Peu après je commençai à sentir mes membres. Je ne pouvais toujours pas bouger mais je sentais enfin mon corps : je prenais conscience de mes bras, de mes jambes ... de mes ailes !

Sans transition, je me vis soudain marchant dans le Vert, ou flottant, je ne sais plus. Le signal avait été donné. Je me rappelais vaguement une grande peur à cause d'une voix qui criait des ordres ... Je me déplaçais à une rapidité folle dans le Vert qui pâlissait de seconde en seconde et devenait transparent à mesure que j'avançais. Les autres se déplaçaient comme moi mais je ne pouvais pas les voir. J'entendais seulement leurs voix qui répétaient comme une litanie les ordres qu'on nous avait donnés : Charles Halsig ... Charles Halsig ... Charles Halsig ... Je crois bien que je chantonnais, moi aussi ...

C'est assez étrange, mais je ne me souviens absolument pas de ce que j'étais. Chose certaine, j'avais pleinement conscience de ne plus être un humain ... Je me rappelle seulement ... C'est drôle ... Je me rappelle seulement de l'intérieur de mon être : cette sensation de grand vide, ce besoin de souvenirs devant le trou béant de ma mémoire, ce désir incontrôlable d'exécuter les ordres et cette faim de justice, oui, de justice, parce que j'étais convaincu que ce que j'allais faire serait juste et que cela me procurerait une grande satisfaction; mais je ne me rappelle pas de mon corps ! Je suis certain d'avoir vu, d'avoir touché les Autres, mais je ne me souviens pas d'eux !

46

Je sais à quel moment j'ai commencé à voir mes compagnons. C'était juste avant d'arriver. Quelqu'un, ou, enfin
quelque chose s'approcha de moi à un certain moment et me
toucha (lorsque je songe, maintenant que je sais, qu'un de
ces êtres répugnants que j'ai rencontrés plus tard m'a touché,
que j'ai moi-même été l'un d'eux, cela me fait frémir de dégoût)
et je compris qu'il fallait que je ferme les yeux. Lorsque je les
rouvris, ils étaient tous à côté de moi et je pouvais les voir.
Maintenant je sais qui ils étaient mais je ne me souviens
plus d'eux . . .

Nous étions tous réunis sur une immense plage, devant
une magnifique villa. La lune, énorme, trônait au-dessus de
la mer et la regarder me faisait du bien. Une des fenêtres de
la villa était éclairée. Un bruit de voix parvenait jusqu'à
nous . . . Une grande femme aux cheveux démesurément
longs et sales sortit soudain de la villa et, dans un grand
éclat de rire, passa devant nous sans nous voir. Elle passa
si près de moi que j'aurais pu la toucher. Elle courut sur la
plage en continuant à rire puis disparut derrière une maison.
Le moment était venu d'agir; nous nous serrâmes les uns
contre les autres comme pour nous donner du courage mais
je crois plutôt que nous formions un tout, que nous n'aurions
pu rien faire les uns sans les autres, et ce merveilleux désir
de tuer Charles Halsig, ce désir qui nous promettait tant de
joie et qui était une si grande joie en lui-même, nous reprit.

Charles Halsig était étendu sur son lit et regardait quelque chose qu'il tenait dans sa main. Cela me rappela le petit
garçon en pyjama mais je n'y pris pas bien garde, excité que
j'étais pas ce sublime besoin de tuer. Lorsqu'il nous vit,

Charles Halsig se leva d'un bond en hurlant : « Je le savais !
Vous m'aviez prévenu mais je n'ai pas voulu vous écouter !
Pitié ! ..Pitié ! ..Laissez-moi encore un peu de temps ! .Je vou-
drais... je voudrais écrire... je voudrais avertir ceux qui
posséderont l'Oeuf après moi des dangers qu'ils courront ! »
Charles Halsig devait bien savoir que ses supplications étaient
vaines mais il continuait quand même à crier comme un pos-
sédé. Il était très ridicule et nous le regardions, amusés. Il
tremblait comme une feuille et jurait par tous les dieux que
nous n'avions pas le droit, que c'était une injustice, que cela ne
servait à rien de devenir un Grand Initié si on ne voulait
pas conquérir le Monde... Soudain, il se leva et courut
vers une grosse malle. Il l'ouvrit et jeta ce qu'il tenait à la
main en criant : « Puisse-t-il être oublié à jamais ! Puisse
ce Monde terrible n'être jamais retrouvé ! » Nous nous jetâmes
sur lui.

Je ne me souviens de rien de ce qui survint si ce n'est
l'horrible dégoût que je ressentis lorsque je jetai le corps à
la mer...

Ensuite ... Ensuite, je me revis dans le Vert. J'étais
revenu à mon point de départ et je me sentais paralysé. Mes
membres s'engourdissaient, je n'entendais plus qu'avec peine
les sons qui me donnaient la vie, mon sang se glaçait, j'avais
des nausées, j'avais mal à la tête et je hurlais de colère. Et
nous hurlions tous de colère !

Je ne voulais pas me rendormir ! C'était une injustice !
Je n'avais pas eu la récompense que j'attendais ! Je n'avais
pas été heureux lorsque j'avais tué Charles Halsig ! Je som-
brai lentement dans un désagréable demi-sommeil qui laissait

mon esprit et mes yeux à peine réveillés, juste assez pour pouvoir souffrir, pour pouvoir ressentir mes nausées, mes maux de tête et continuer à crier en moi-même à l'injustice... Mes ailes se refermèrent soudain autour de moi. J'étais prisonnier de mes propres ailes !

Ce rêve eut sur moi des conséquences néfastes. Je fus malade pendant de longues semaines ; une très forte fièvre s'était emparée de moi et je délirais presque sans arrêt, criant à tue-tête que j'étais paralysé, que j'avais tué Charles Halsig et que l'Oeuf de verre, le maudit Oeuf des Louniens me retenait prisonnier. Lorsque ma fièvre se fut calmée et que je pus me lever, je m'aperçus que l'Oeuf avait disparu de ma chambre. Mon père l'avait repris, l'avait replacé sur son bureau et il me déclara sévèrement qu'il me défendait d'une façon formelle d'y toucher sans sa permission. Pourquoi l'avait-il replacé sur son bureau ? Pourquoi ne l'avait-il pas caché dans un endroit où il eût été impossible que je le retrouvasse ? Je ne l'ai jamais su...

III

A deux autres reprises, pendant mon adolescence, je fus témoin de faits étranges que j'impliquai à l'Oeuf de mon père et qui me firent très peur. J'ai même souvent pensé à me défaire de lui mais, là encore, j'ai cru que j'avais rêvé et l'Oeuf est resté dans ma maison.

*   *   *

J'ai toujours aimé la Place d'Armes de Montréal, la nuit. Le jour, c'est une place très laide : l'église Notre-Dame est un bâtiment à mon avis tout à fait monstrueux et la place qui s'étend devant elle, dite *Place d'Armes*, avec ses bassins dérisoires et son monument non moins grotesque forme avec elle un ensemble parfaitement ridicule. Les Montréalais ne s'en rendent pas compte, je crois, car je n'en ai jamais rencontré un qui eût honte de la Place d'Armes. Tous ceux que j'ai questionnés à son sujet m'ont répondu qu'ils n'avaient jamais remarqué qu'elle fût particulièrement laide; il y en eût même pour prétendre que l'église Notre-Dame était un chef-d'œuvre d'architecture... Enfin... Pour ma part, j'ai toujours évité, dans la mesure du possible, de traverser la Place d'Armes le jour parce qu'elle me déprimait. Mais la nuit venue... La nuit venue, cette place prenait un air baroque que je trouvais merveilleux. Toute sa laideur semblait disparaître avec le soleil. Les choses que je trouvais abominables le jour devenaient soudainement sublimes... La nuit jetait sur la Place d'Armes une vague de mystère et lorsque les tramways avaient fini de sillonner les rues, longtemps après minuit, une tranquillité pesante et pénétrante descendait sur elle. Et c'était à ce moment-là que j'aimais la Place d'Armes!

Cette nuit-là, je vins m'asseoir sur les marches de l'église Notre-Dame comme cela m'arrivait souvent l'été, pour rêvasser, pour réfléchir à ce que je deviendrais plus tard (à cette époque je voulais être médecin et je rêvais de sérums miracle inventés par moi, je rêvais de gloire, de renommée internationale : « Le grand savant François Laplante, le plus grand, le plus vénéré médecin du monde, etc., etc. » Mais j'avais laissé tomber mes études à la mort de mon père et je ne faisais rien d'autre que rêver) ou tout bonnement pour me reposer des bruits de la ville. La place était déserte. Les rumeurs de la ville me parvenaient comme un lointain bourdonnement et il faisait bon m'étirer dans cette solitude et ce quasi silence. Je posai la tête sur une marche et me mis à contempler le ciel que l'église Notre-Dame éventrait de ses deux affreuses tours. C'était la pleine lune. Le ciel était étrangement nu : pas un seul petit nuage n'y flottait; la lune était toute seule, ronde, blanche, tranquille, inquiétante... Et ce que je ressentis à ce moment-là est l'une des émotions les plus fortes de ma vie. Je vais essayer de décrire le plus fidèlement possible ce qui se passa en moi alors, mais je doute que cela rende justice, même de très loin, à la peur qui m'envahit. Cette peur qui s'empara de moi était tellement forte; tellement écrasante que je me mis à pleurer, cloué sur les marches de l'église, paralysé de terreur...

Jusque-là, je ne m'étais vraiment jamais préoccupé du Monde, de l'Univers (avec un grand U), de tout ce qui forme cette chose infinie qu'on nomme le Cosmos... Je m'étais à peine occupé de ma petite planète. J'avais appris la géographie, comme tout le monde; mais comme tout le monde aussi j'avais tout oublié en refermant mes livres et je m'étais replongé dans mon petit monde à moi, oubliant tout ce qui m'entourait et qui ne me touchait pas de près — les pays chauds, la mer verte et transparente dont le fond est couvert de corail, les lagons bleus, les indigènes qui pêchent des perles et qui en meurent, les palmiers, aussi, le sable, les pyramides, le Nil — parce que c'était l'hiver à Montréal; les Arabes, les Chinois, les Russes, les Espagnols, parce que je parlais le français... Je ne pouvais plus m'imaginer les fiords de Norvège, les fiords de Norvège n'existaient plus parce qu'ils étaient trop loins. Je savais très bien que tout cela existait quelque part mais je n'y pensais jamais. Le monde, c'était moi : médecin de renommée *internationale* (sans que j'aie réfléchi à ce que l'internationalité pouvait bien signifier).

Donc, il était évident que j'étais loin d'avoir jamais sérieusement pensé *au ciel !* A ce qu'il pouvait y avoir dans le ciel ! Et c'est là, alors que j'étais étendu sur les marches de l'église Notre-Dame que je vis le ciel pour la première fois de ma vie. Pour moi, le ciel avait toujours été une espèce de grande tenture de velours où on avait accroché la lune et les étoiles (je savais bien que c'était faux, mais c'était tellement plus facile : la lune était accrochée et derrière elle, mon Dieu... pourquoi y penser ?) ou un quelconque endroit où Dieu en personne trônait dans toute sa magnificence... Mais ce soir-là le ciel était si pur, si transparent que je sentis pour la première fois de ma vie sa profondeur, ses dimensions incroyables. Je vis de mes yeux, et cela me bouleversa, que la lune n'était pas accrochée à un morceau de velours et que derrière elle, le vide continuait, sans fin ! SANS FIN ! Je réalisai alors toute l'horreur de l'Univers, de cette création infinie dont on ne sait rien et dont on ne saura jamais rien. J'avais fait de moi le monde et le monde n'était rien ! J'avais oublié ce que ma petite planète contenait parce que tout ne pouvait entrer dans ma tête et je m'apercevais soudain que ma planète était moins que rien, même pas une poussière dans l'Univers ! Et j'ai senti (j'insiste là-dessus, c'est très important,) j'ai senti les autres mondes, tous les mondes éloignés et perdus, infinis aux aussi, avec des êtres différents de moi, monstrueux pour moi qui étais un monstre pour eux ! La lune elle-même que je voyais pour la première fois et que je croyais si éloignée, était tellement proche à côté de ces mondes ! Soudain je me mis à trembler à la pensée qu'il n'y avait peut-être pas d'autres mondes... Non ! Il fallait absolument

53

qu'il y eût d'autres mondes ! Je ne voulais pas être seul dans l'Univers ! Je ne voulais plus être seul dans l'Univers ! Ce serait trop horrible ! Comment *savoir* que l'homme est seul sur sa petite planète au milieu de l'immensité et ne pas mourir de peur ! J'avais failli me rendre fou quand j'étais très petit, à essayer d'imaginer l'éternité : fini... non, ça continue... fini... pas encore .. ça continue toujours... fini... non. Jamais ! Jamais ! Et c'était la même chose pour le monde qui est chose si tangible, tellement plus près de nous que l'éternité ! Le monde lui-même était l'éternité ! Le grand jamais ! J'étais écrasé sur les marches de l'église, je pleurais, je criais presque d'effroi...

Fut-ce l'effet du hasard ou fut-ce mon imagination rendue malade par ces pensées qui me rendirent presque fou de terreur ? Non. Je suis sûr que non...

Un grand coup fut frappé dans une des portes de l'église, qui résonna lugubrement. Je me levai d'un bond. Une longue silhouette passa devant moi en courant. Me frôla. J'entendis un rire et le bruit de la mer. C'était une femme aux très longs cheveux qui courrait, en riant, vers le village. Le moment était venu d'agir. Nous nous serrâmes les uns contre les autres... Ah! Je n'étais plus devant l'église. Des monstres hideux m'entouraient, se serraient contre moi ! Je sentais leur peau écailleuse contre ma peau et leur haleine empestée me brûlait ! Je me suis emparé du corps et dans un grand cri je l'ai lancé contre les rochers !

Lorsque je revins à moi le ciel pâlissait et une lueur blanche barrait l'horizon. Le sable était chaud. J'étais bien. Puis des trous se formèrent un peu partout autour de moi dans l'at-

*mosphère... Un décor différent apparaissait dans ces trous :
des maisons, une rue, une place... Je ne vis bientôt plus la
mer que par des trous qui disparurent eux aussi un à un et
je me retrouvai sur les marches de l'église Notre-Dame. C'é-
tait le matin. Le premier tramway passait en brinquebalant.*

J'avais depuis longtemps oublié ce rêve lointain de mon
enfance dans lequel j'avais cru assassiner Charles Halsig. Ce
n'était qu'un rêve d'enfant et je n'en faisais plus cas depuis
belle lurette. Mais voilà soudain que tout revenait à ma mémoire, que tout recommençait ! Je rentrai chez moi exténué,
la tête remplie de cette vision dont j'ignorais la signification,
le corps brisé par cette nouvelle peur qui s'était si soudainement
jetée sur moi et qui me donnait envie de crier : la peur du
Monde et de ce qu'il contient ! Je sentais aussi que ce qui
venait d'arriver n'était pas dû au hasard... QU'ON AVAIT
INFUSE CETTE PEUR EN MOI DANS UN BUT PRECIS !

Quelques temps après les événements que je viens de
relater j'étais allé, un mardi soir, entendre un concert qu'on
donnait sur la montagne. Le Mont-Royal est le plus beau
parc de la ville et j'ai toujours aimé m'y balader. Aussi avais-
je décidé, le concert fini, de me promener dans les sentiers
peu fréquentés. La lune était pleine et jetait une singulière lumière qui prêtait aux arbres une étrange vie, laissant les troncs
et les branches basses dans l'ombre et coiffant de bleu le
feuillage qu'une légère brise, un souffle, balançait. Dans les

sentiers, la lumière parvenait jusqu'au sol et on y voyait comme en plein jour.

Je crois que c'était un mois après mon aventure à la place d'Armes, plus précisément à la pleine lune suivante. Tout en me promenant je pensais (j'y pensais souvent depuis ce maudit soir où il m'était apparu dans toute son absurdité, dans toute son horreur) au Monde, et cette peur qui se glissait en moi chaque fois que je réfléchissais trop longtemps à l'Univers, à son immensité sans fin, à sa pluralité aussi, parce que le monde est plusieurs, je le sais maintenant, cette peur s'insinua dans mon ventre. Vint un moment où je dus m'arrêter de marcher parce que mon cœur battait trop fort et que je commençais à être pris de panique. Je m'assis sur une des pierres qui bordaient le chemin et, c'était inévitable, je levai les yeux vers le ciel.

Dieu ! qui me croira jamais ! Pourtant, ce que je raconte ici n'est rien, vraiment rien à côté de ce que j'ai vu plus tard, des horreurs sans nom dont j'ai été témoin et des beautés incomparables qui m'enchantèrent lorsque je réussis pour de bon à m'introduire dans ce monde fantastique pour mon grand malheur ! Pour mon grand bonheur !

Comme dans le rêve que j'avais fait étant enfant (Un rêve ? Non. Mais je voulais de toutes mes forces que ce fût un rêve.), tout devint vert, soudain. La montagne, les arbres, le sentier, tout disparut autour de moi, tout fut enveloppé dans une épaisse vapeur verte, une vapeur impénétrable, un brouillard si dense qu'il recouvrait tout, même les sons. Je restai longtemps sans bouger, assis sur la pierre, les bras croisés sur les genoux, la tête levée vers le ciel, la peur au ventre. Puis, tout à coup, au loin... Un son mat comme une pierre lourde qu'on jette dans le sable, ou comme *une porte qu'on referme.* C'est tout. Rien d'autre. Le brouillard se dispersa aussi rapidement qu'il était venu.

Je me levai. Je repris ma marche, la tête lourde.

Mais voilà que des milliers de pas se firent entendre au loin, comme si une armée de fantassins se fût dirigée vers moi en courant! Là-bas, au fond du sentier, le brouillard vert revenait à une vitesse folle! Je n'avais pas eu le temps de faire un mouvement que j'étais pris dans un violent tourbillon. Le brouillard m'engloutit de nouveau à une rapidité incroyable et des êtres que je ne vis pas passèrent à toute vitesse, me bousculant, me frappant. Je fus jeté au sol. J'eus peine à me relever et lorsque je me retrouvai enfin sur mes deux jambes les êtres étaient déjà loin et leurs pas décroissaient dans le sentier.

Brusquement une clameur étourdissante s'éleva, une voix plus forte que le tonnerre qui criait: « Charles Halsig! Charles Halsig! » Les êtres qui venaient de me croiser s'en allaient donc tuer Charles Halsig! Mais moi, il fallait que je fusse parmi eux! L'envie de tuer Charles Halsig me reprit. Oh! que c'était horrible et que c'était merveilleux, aussi! Oui, j'allais tuer Charles Halsig et je serais heureux! Je serais heureux et je pourrais me reposer... Mais j'avais perdu les autres... Il était trop tard! Je ne pouvais plus les rejoindre. Ils le feraient donc sans moi? Penaud, je me mis à marcher dans la direction d'où les êtres étaient venus.

Mais non, je n'étais pas dans le Vert, j'étais sur le Mont-Royal, dans un sentier éloigné et je me promenais! Je me promenais!

Je marchai très longtemps dans le Vert. J'étais las et je commençais à désespérer, lorsque ... Là-bas, très loin, au fond du Vert ... Cela était de toutes les couleurs et cela brillait comme mille diamants ! Oui, tout au fond du Vert, au coeur du brouillard, merveilleuse comme un rêve, et irréelle de splendeur et de richesse, une immense Cité, une Cité incroyablement belle s'élevait et m'appelait, me promettant un bonheur infini, sans partage !

Je lançai un grand cri de joie et me mis à courir comme un fou.

INTERCALAIRE

Les dieux m'attendent. Dans leurs palais de plomb, dans mon sommeil de plomb, les dieux m'attendent. Partout, dans tous les coins de la Cité et dans chaque rue, derrière chaque porte et même sur les remparts, partout ils m'attendent, le regard fou, la rage au cœur. Ismonde et M'ghara, drapés dans leurs costumes de métal ; Ismonde, assise sur son trône, vêtue de vert, ses mains munies de pinces d'or posées sur son cœur, son regard oblique parcourant nerveusement une colonne du palais, une de ces colonnes merveilleuses, serties de pierres, invraisemblables et si minces, si minces qu'on dirait qu'elles vont céder à tout moment ; M'ghara, debout derrière elle, ses six bras disposés autour de lui en queue de paon, fixant de son œil unique la porte du palais, attendant qu'elle s'ouvre pour me livrer passage ; M'ghara, le dieu tout-puissant qui décidera de mon sort ; mon juge. Ils sont seuls dans l'immense palais éteint. Ils se sont réfugiés dans la salle du trône. Ils m'attendent, mais ils ont peur ! Parce que moi aussi je vais les détruire ! Lounia la belle, Lounia la merveilleuse aussi m'attend ; Lounia aux cheveux longs, la déesse folle dont je raconterai peut-être un jour l'histoire. Elle erre dans les rues, guettant chaque souffle, épiant chaque mouvement, le cœur bondissant de joie féroce chaque fois qu'elle aperçoit une silhouette qui ressemble vaguement à la mienne. Et quand la nuit descend, quand la lune se lève dans le ciel vert, sirène blanche enveloppée de brume, Lounia chante pour me perdre. J'entends sa voix qui me charme et je sais que je finirai par la suivre . . . Wolftung le solitaire s'est réfugié dans une très haute tour pour guetter mon retour. Je le vois chaque soir, je vois ses bras se tendre rageusement vers moi, je vois son beau visage enlaidi par la souffrance, ses yeux minés par le désespoir ; Wolftung pleure, Wolftung hurle mais je ne répondrai pas à ses supplications ! Il restera enfermé dans sa tour ! Seul ! Il a pourtant revêtu sa robe bleue ! Mais sa robe bleue ne peut plus rien contre moi ! Oh ! Wolftung, comme ton souvenir me fait mal ! Waptuolep et Anaghwalep, les dieux du coucher du soleil, les dieux jumeaux, ont réuni toutes leurs armées d'oiseaux-hyènes pour m'attendre et les ont postées partout dans la Cité ; Waptuolep et Anaghwalep, les dieux qui se ressemblaient tant, qui étaient tellement semblables qu'ils devinrent un jour interchangeables ; Waptuolep qui parfois est Waptuolep et parfois Anaghwalep, Anaghwalep qui parfois est Anaghwalep et parfois Waptuolep, m'attendent, enlacés, enfermés dans la même armure, respirant d'un même souffle, vivant d'un même cœur. Le nain Ghô aussi m'attend. Mais si grande est sa malice que j'ignore où il se terre. Je ne sais pas où Ghô, le nain, dissimule ces armes qui me font horreur et qu'il me montra un jour. Le rictus qui déforme sa bouche est hideux et Ghô a croisé ses bras velus, confiant. Je ne m'aventurerai pas dans ses quartiers. Mais peut-être est-il caché ailleurs, peut-être est-il sorti de son repaire pour aller gîter chez ses ennemis même ! Et les Warugoth-Shalas . . .

Dieu, les Warugoth-Shalas ! Les dieux triangulaires aux ailes diaphanes, les terribles dieux vengeurs à qui je serai peut-être livré ! Je les entends venir ! Je les sais tout près, les messagers de M'ghara ! Ah ! ne plus jamais retourner là-bas ! Ne plus jamais revoir ces horreurs ! Oublier ! Tous ces dieux de la planète verte, tous ces monstres dont j'ignore le nom et pourtant dont je sais le nom, dont j'ignore l'histoire et pourtant dont je pourrais raconter l'histoire ! Oublier ce monde que je sais et que j'ignore et qui, pour se venger de moi, me fera traverser les portes du Grand Ailleurs pour toujours ! N'ai-je pas eu assez de visiter la Cité ? Serai-je en plus condamné comme le veulent les dieux à errer éternellement de monde en monde à la recherche d'un moment de tranquillité, d'une seconde de quiétude, d'une parcelle de paix, pour avoir réussi à pénétrer dans l'Oeuf ? Je ne veux pas être un Grand Initié ! Je ne veux pas que l'Oeuf sacré retourne d'où il vient et que tout recommence ! Je le détruirai plutôt !

Ismonde se lève, Non ! Non ! Elle ouvre la bouche ! Une tempête ! Un ouragan ! Ce cri horrible : mon nom ! Le signal est donné ! Ismonde a crié mon nom !

Et par-dessus tout cela, les Khjoens hurlent !

Des années se passèrent cependant avant que je réussisse à atteindre la Cité. Je la voyais souvent dans mon sommeil mais c'était toujours de très loin: J'avais beau courir, courir, jamais je n'arrivais à m'en approcher. Elle restait toujours au fond du Vert, merveilleuse, scintillant de mille feux, inaccessible. Lorsque je m'éveillais, une furieuse envie de me débarrasser de l'Oeuf me prenait car je savais que c'était à lui que je devais tous ces cauchemars, mais je n'ai jamais eu le courage de le faire. Quelque chose au fond de moi me disait que tout cela avait une signification et que je devais attendre.

Et tout recommença le jour où pour la première fois j'aperçus la Cité *dans* l'Oeuf. Cette cité que j'avais vue à maintes et maintes reprises dans mes rêves et que j'avais en vain essayé d'atteindre, je la savais liée à l'Oeuf d'une façon quelconque mais jamais je n'avais pensé qu'elle pût y être enfermée ! Et dès l'instant où je la vis à l'intérieur de la masse de verre et où je compris que tout un monde pouvait y être emprisonné avec elle, toutes les barrières qui m'empêchaient de m'en approcher s'abattirent d'un coup et mes extraordinaires aventures dans ce vestibule du Grand Ailleurs commencèrent.

* * *

C'était au mois d'août. Une chaleur suffoquante pesait sur Montréal qui suait par ses millions de pores humains. Ce soir-là, je m'étais installé sur la terrasse pour essayer d'attraper au vol un peu d'air frais si par hasard il venait à en passer. J'avais naturellement apporté mon Oeuf avec moi. C'était justement une de ces nuits où la vapeur disparaissait presque complètement à l'intérieur de l'Oeuf et où celui-ci prenait cette teinte phosphorescente qui le rendait si étrange. Il faisait très noir et l'Oeuf brillait dans ma main comme il n'avait jamais brillé. Je le tournais en tous sens, l'approchant de mes yeux pour essayer de percer le secret de cette lumière, puis l'éloignant brusquement et l'élevant au dessus de ma tête pour le comparer avec la lune qui était à son plein. Je ne sais au juste pourquoi, je pensai soudain à placer l'œuf entre la lune et moi. C'était peut-être pour voir si je la distinguerais à travers le verre . . . Je levai donc le bras et plaçai l'œuf entre la lune et mes yeux. Une chose extraordinaire se produisit alors : la lune disparut complètement dans l'œuf et celui-ci sembla frémir dans ma main. La lueur qui l'illuminait vibra, ondula, tourna sur elle-même et se déroula comme un nuage. Et l'Oeuf se mit à mollir, devenant peu à peu comme une boule d'eau que j'aurais pu percer, pénétrer, fouiller. Soudain, au cœur de cette boule d'eau brillante, la Cité m'apparut telle que je l'avais aperçue dans mes rêves : attirante comme un aimant, belle et majestueuse et surtout flamboyante comme un diamant. La Cité était dans l'œuf ! Je tenais la Cité dans ma main ! Elle était enfin devant moi, bien réelle et . . . Oui ! Oui ! Accessible !

Un grand vertige et...

Dieu ! Les portes de la ville ! J'étais aux portes de la ville ! J'étais à l'intérieur de l'Oeuf et l'étrange lumière m'entourait comme une brume phosphorescente ! Je restai très longtemps, sans bouger, à regarder les deux immenses portes de métal noir qui se dressaient devant moi et qui me défendaient l'accès à la Cité.

Quoi faire pour ouvrir ces portes ? Existait-il une formule magique, un mot compliqué, lourd de sous-entendus, aux syllabes pleines de mystères, aux résonnances inquiétantes, qui ferait frémir les deux portails dès que je l'aurais prononcé, clef sonore qui me livrerait enfin les secrets de cette ville dont je poursuivais l'image depuis tant d'années ? Je m'approchai des portes et collai mon oreille contre le métal froid et noir. Tout était silencieux au-delà des portes ; pas un seul petit bruit ne parvenait jusqu'à moi. Je me mis alors à frapper de toutes mes forces en criant à tue-tête tous les mots de passe et toutes les formules magiques que mes lectures et les récits de mon père m'avaient appris mais les portes restèrent closes, se contentant de résonner lugubrement chaque fois que mon poing s'abattait sur le métal. A la fin, exténué, je me laissai glisser par terre.

Je pensais que les portes finiraient bien par s'ouvrir d'elles-mêmes, qu'il était impossible que je fusse parvenu jusque là pour rien ! Tout ceci devait bien avoir une signification quelconque !

Je levai brusquement la tête. Ce bruit... Pourtant le ciel phosphorescent de l'Oeuf paraissait désert... Mais ce bruit d'ailes que j'avais entendu... Je me levai, m'éloignai un peu des portes et me mis à scruter le ciel à la recherche de cet oiseau que j'avais cru entendre. Non, rien. A peine avais-je baissé la tête qu'un nouveau bruissement d'ailes s'éleva au-dessus de moi. Je regardai alors sur les portes de la Cité et je vis neuf gigantesques oiseaux à tête d'hyène, gargouilles grimaçantes, sculptures grotesques et hideuses qui trônaient sur une galerie et qui semblaient me regarder avec un sourire méchant. Ils ne bougeaient pas, cependant. Ils étaient assez loin de moi (les portes avaient bien cent pieds de haut) mais je pus quand même me rendre compte que les yeux de l'un d'eux brillaient alors que ceux des autres étaient creux et noirs. Etait-ce là l'oiseau que j'avais entendu voler ?

Soudain, l'animal leva la tête vers le ciel et lança un sinistre hurlement qui se brisa bientôt en un énorme rire d'hyène démente. Puis l'oiseau-hyène prit son vol dans un grand bruit de pierres et descendit vers moi en planant. Je vis alors que les huit autres oiseaux le regardaient plonger vers moi en poussant des glotussements désagréables. Je cherchai des yeux un endroit où je pourrais me réfugier. Avisant une minuscule niche pratiquée à la base d'une des portes, et que je n'avais pas vue jusque là, je me mis à courir pour me mettre à l'abri. Mais l'oiseau-hyène, plus rapide qu'un éclair, atterrit entre la porte et moi, faisant en posant ses pattes sur le sol et en repliant ses ailes un bruit épouvantable. Il se figea immédiatement dans la même posture que lorsque je l'avais aperçu pour la première fois. Son regard s'était éteint dès qu'il avait posé pied. Et je vis alors qu'il était vraiment sculpté dans la pierre, que c'était vraiment une chimère *vivante* . . . Je n'osais plus bouger, redoutant à tout moment de voir l'oiseau revenir à la vie et m'écraser si j'essayais de m'enfuir.

L'oiseau-hyène, bien qu'il fût horriblement laid et que son cruel museau me fît frissonner, possédait une telle majesté qu'il finit par m'attirer étrangement. Ma peur disparut au bout de quelques minutes pour faire place à une cuisante curiosité qui me poussait à m'approcher de la gargouille. Pour la toucher, la caresser. Puis un incompréhensible besoin de grimper sur son dos m'envahit. Je m'approchai lentement de l'animal qui devait bien avoir six pieds de haut et me mis à lui caresser le museau. Je sentis ses narines chaudes et mouillées frémir sous ma main et je vis une lueur s'allumer dans ses yeux. J'avais à nouveau très peur mais j'étais incapable de m'éloigner de lui. Mon corps ne m'obéissait plus. Ma main s'attarda quelques instants dans le cou de l'oiseau-hyène et je vis soudain mes bras enlacer sa tête malgré moi. J'enfouis ma tête dans son cou en pleurant de peur. Lorsque mon étreinte se desserra je sautai sur le dos de l'oiseau sans très bien m'en rendre compte. L'animal hurla et frissonna de plaisir. Il ouvrit soudain toutes grandes ses ailes de pierre et s'envola. Nous parvîmes très rapidement au sommet des portes et nous passâmes tout près des autres oiseaux-hyènes qui semblaient excessivement excités de me voir sur le dos de l'un d'eux. Ils nous regardèrent passer par dessus les portes de la Cité en poussant leur rire d'hyènes folles.

*　　*　　*

Nous survolâmes la Cité plusieurs fois avant que l'oiseau-hyène redescende et me dépose de l'autre côté des portes, là où l'atmosphère est jaune — une grande place poussiéreuse en-

71

tourée de maisons délabrées, recouvertes d'une matière visqueuse, jaune aussi, qui colle à la peau et la brûle atrocement
— et les sons étrangement amortis. J'ai donc pu étudier tout
à mon aise l'étrange topographie de la Cité et me faire une
idée assez exacte, quoique très imprécise en ce qui concerne le
quartier central, de l'emplacement et de la composition de ses
différents quartiers.

Je n'ai jamais vu une ville aussi curieusement bâtie, aussi
singulièrement répartie — cinq quartiers dont quatre immenses et à moitié détruits et un, juste au centre de la Cité, très
petit et très sombre, dont je ne voyais rien si ce n'est deux
tours noires qui s'élevaient dans le ciel de verre — et aussi
bizarrement colorée. Que dire des extraordinaires couleurs
des différents quartiers de la Cité sinon que c'était des couleurs que je ne connaissais pas, des couleurs dont je ne soup-
çonnais même pas l'existence ; improbables, impossibles même dans notre monde, des couleurs délirantes qui ne connaissaient pas de juste milieu : parfois très fades et, si besoin est
de faire une comparaison avec les couleurs de notre arc-en-
ciel, tirant sur le jaune, mais un jaune grisâtre et brillant
malgré sa fadeur, et parfois criardes et barbares, semblant
sortir d'un conte des Mille et une Nuits d'un autre monde.
Et ces couleurs si différentes entre elles ne se mariaient jamais : lorsqu'un quartier était d'une certaine teinte, celle-ci
le couvrait tout entier et aucune des couleurs des autres quartiers ne s'y retrouvait. Deux de ces grands quartiers mono-
chromes étaient d'une teinte pâle, les deux autres étaient res-
plendissants et criards. Le cinquième, que les autres encerclaient et semblaient vouloir étouffer, était complètement noir.
Je remarquai aussi en survolant la ville que les quartiers

étaient disposés en alternance d'après leur couleur et que deux quartiers brillants ne se suivaient jamais. Ainsi le premier qui s'offrait à la vue quand on traversait les portes de la Cité était d'un ton criard. Le suivant était fade. Ensuite venait l'autre quartier de couleur barbare et enfin, en revenant vers les portes, le deuxième quartier pâle. Une autre chose me frappa aussi durant ce voyage aérien : une très large avenue traversait toute la ville en dessinant une spirale qui partait des portes, passait par les quatre grands quartiers pour enfin aboutir au cinquième. Si on ne suivait pas cette artère principale, on risquait de se perdre rapidement car les quartiers semblaient être de véritables labyrinthes : rues tortueuses, culs-de-sac, places vides et inaccessibles au beau milieu d'un pâté de maisons, ruelles se croisant et s'entremêlant sans fin . . . Je me jurai de ne jamais m'aventurer hors de cette avenue si je visitais la Cité . . .

Durant tout le voyage que je fis à dos d'oiseau-hyène, je ne vis pas un seul être vivant dans la ville. Je commençais même à me demander si les oiseaux-hyènes n'étaient pas les seuls survivants de ce monde singulier lorsque l'animal qui me portait, immobilisant ses ailes grandes ouvertes, commença à redescendre vers les portes en décrivant un grand arc de cercle.

Aussitôt que j'eus posé le pied à terre, l'oiseau-hyène s'immobilisa et toute trace de vie disparut de son corps de pierre. Il redevint une simple gargouille hideuse, grimaçante, mais inoffensive.

J'étais juste de l'autre côté des portes de la Cité. Comme je l'ai déjà dit, l'atmosphère en cet endroit était jaunâtre et les sons étrangement assourdis. Lorsque l'oiseau-hyène s'était posé, je n'avais entendu le bruit de pierre qu'il faisait habituellement que de très loin, comme si les sons avaient été tamisés.

Une curieuse odeur flottait dans ce vestibule, une odeur indéfinissable mais insistante et désagréable. Je décidai de sortir de cet endroit le plus vite possible et cherchai des yeux la route que j'avais vue du haut des airs. Mais je m'aperçus bientôt qu'une série de maisons accollées les unes aux autres formaient avec les portes de la Cité une sorte de cour intérieure. Pour atteindre la route que je cherchais il me faudrait donc traverser ces maisons.

En m'approchant de l'un de ces bâtiments je vis qu'il était entièrement recouvert d'une matière tirant sur le jaune elle aussi et qui semblait, aussi étrange que cela puisse paraitre, dotée d'une certaine vie. En effet, cette matière visqueuse bougeait lentement et des milliers de petits trous ressemblant à des yeux s'y ouvraient et s'y refermaient sans cesse. Curieux, je m'approchai encore plus près de la maison et touchai avec le bout de mon doigt cette substance. Aussitôt, celle-ci s'étira brusquement vers l'extérieur, un trou s'ouvrit au sommet du monticule que cela formait et se referma sur ma main. Je ressentis une atroce brûlure et je retirai ma main rageusement. Un bruit de succion semblant provenir de très loin se produisit et la substance gélatineuse reprit sa forme initiale. La brûlure disparut au bout de quelques secondes.

Mais je sentais que quelque chose était changé. Une sorte de gêne s'emparait de moi et je reculai de quelques pas. Je me sentais de plus en plus mal à l'aise sans comprendre pourquoi. Je jetai un coup d'œil autour de moi. Rien n'avait visiblement changé. L'oiseau-hyène était toujours à

74

la même place et ne bougeait pas, les portes de la Cité étaient fermées et là-haut, sur leur plate-forme, trônaient les autres oiseaux de pierre. C'est en ramenant mon regard sur les maisons que je compris ce qui se passait. Les yeux ! Les petits yeux qui s'ouvraient et se refermaient dans la substance gélatineuse ! On m'épiait ! Pour la première fois depuis que j'étais arrivé j'avais l'impression, la certitude même, d'être surveillé. Les petits yeux brûlants me regardaient et derrière eux . . . Mon malaise décupla lorsque je supposai que les habitants de cette étrange Cité étaient en train de me détailler par ces yeux et, qui sait, de se préparer à me tendre des pièges. Mais comme je n'avais pas vu âme qui vive pendant tout mon voyage à dos d'oiseau-hyène, je me sentis un peu rassuré. Surmontant ma gêne et aussi la peur qui s'insinuait en moi depuis quelques minutes, je m'approchai résolument des maisons et franchis presque en courant une des ouvertures qui devaient servir de portes.

Je me rendis tout de suite compte que cet amas de maisons n'était en réalité qu'un seul bâtiment, une immense baraque aux multiples portes, délabrée et poussiéreuse, beaucoup plus profonde que je ne l'aurais cru et dégageant une écœurante odeur qui ne m'était pas inconnue . . . Mais où donc avais-je déjà senti cette . . . Je criai de terreur ! Là, juste devant moi, surgissant soudain de l'obscurité, se tenait la chose la plus hideuse, l'être le plus laid, le plus repoussant que j'aie jamais vu : un monstre de sept à huit pieds de haut, tout blanc, d'un blanc sale, un monstre triangulaire aux pieds énormes et à la tête minuscule qui ne soutenaient que deux petits yeux verts et brillants, un monstre aux courtes ailes diaphanes et striées de veines roses, un monstre à la bouche démesurée à la hauteur du ventre, un monstre emprisonné sous une épaisse couche de poussière, ligoté par d'innombrables fils blancs tissés par des générations d'araignées et, oh! horreur, que je reconnus immédiatement! Oui, cet être, je le connaissais . . . Je l'avais vu dans mon enfance se lancer à la poursuite de Charles Halsig, se jeter sur lui et l'écraser . . . Dieu! J'avais moi-même été cet être hideux et repoussant! Je fis brusquement demi-tour et voulus m'enfuir mais je m'aperçus que la baraque était remplie de ces êtres blancs recouverts de poussière et ligotés, qui attendaient . . . oui, qui attendaient le signal, je me souvenais maintenant. Le signal, la course dans le Vert . . . Les Warugoth-Shalas! Je savais leur nom! J'avais moi-même été l'un d'eux! Et j'étais peut-être encore l'un d'eux! J'étais peut-être encore enfermé dans un de ces corps difformes, prisonnier de mes propres ailes et attendant que la voix crie un nom! Je tombai à genoux en pleurant. Les Warugoth-Shalas ne bougeaient pas. Seuls ceux qui étaient près de moi me regardaient sans sembler comprendre ce qui se passait . . . Aucune lueur d'intelligence ne brillait dans leur regards. Je me souvins de m'être déjà endormi, de m'être senti paralysé en criant à l'injustice . . . Je me levai d'un bond, traversai la baraque dans toute sa largeur en me butant quelquefois contre les monstres blancs et je sortis plus mort que vif de l'habitation des Warugoth-Shalas.

INTERCALAIRE

Surgissant des profondeurs du Grand Ailleurs, toutes ailes déployées, transparent et merveilleux, étincelant de mille feux, la tête orgueilleusement relevée et le regard plongé dans l'Immensité, un oiseau de verre, au détour d'un pan de nuit, glissa doucement dans la galaxie vierge, plana un long moment — majesté d'un autre monde suspendue au dessus de son nouveau royaume — en dessinant de longues spirales, puis se dirigea vers un groupe d'astres où se trouvait la petite planète bleue, la toute petite planète bleue, l'oasis, le nid.

La nuit était chaude. Une à une les vagues venaient s'étirer sur la grève, puis se retiraient en soupirant. L'oiseau, une souffrance verte au fond des yeux, déposa gravement son œuf, le couvrit de sable et, rouvrant toutes grandes ses ailes, replongea dans la nuit violette et creuse.

PREMIER QUARTIER

GHO

De ce premier quartier de la Cité, il me reste comme un hurlement au fond de la tête, le souvenir d'un long hurlement et l'image à demi effacée d'une série de maisons basses au fond d'une grotte, sur le seuil desquelles . . . Oui ! Je me souviens, maintenant ! Ghô ! Et ses armes ! Et ces fantastiques créatures, les Khjœns !

* * *

J'avais enfin réussi à pénétrer dans le premier quartier de la Cité. Devant moi s'étendait la route que j'avais aperçue du haut des airs. C'était une avenue très large, recouverte d'une pesante couche de poussière qui collait à mes semelles. Laissant derrière moi la baraque des Warugoth-Shalas je m'engageai résolument sur la route en regardant autour de moi. L'atmosphère, de jaune qu'elle était dans l'espèce de vestibule où m'avait déposé l'oiseau-hyène, était devenue d'un rouge criard mêlé d'une teinte violente, indéfinissable, que je n'avais jamais vue, qui faisait miroiter l'air comme de l'eau en dessinant autour de moi des ondes qui s'entrecroisaient et se fondaient les unes dans les autres.

Au bout de quelques instants, je commençai à avoir mal aux yeux à cause de ces rayons lumineux qui dansaient et ondulaient autour de moi. J'avais nettement l'impression d'être plongé dans un liquide rouge traversé par des rais de lumière et j'avais beaucoup de mal à respirer.

De chaque côté de la route s'élevaient des maisons lépreuses, abandonnées, d'infects taudis auxquels l'atmosphère rougeâtre prêtait une couleur brique qui soulignait encore plus leur aspect de pauvreté. J'étais vraisemblablement dans ce qui avait été le quartier pauvre de la Cité . . . Mais cette impression fut bientôt détrompée par un incident qui se produisit lorsque je débouchai sur une petite place ceinturée par une série d'édifices bizarres . . .

Je marchais depuis quelques minutes et je commençais à ressentir un sérieux mal de tête lorsque la route s'élargit soudain pour former une minuscule place — une toute petite place publique comme on en trouve encore dans certaines villes européennes, avec, au milieu, un fontaine et juste assez d'espace autour de cette fontaine pour laisser passer une voiture . . . Mais le centre de cette place-ci n'était pas occupé par une fontaine comme je m'y serais attendu : sur un socle de métal percé de quelques marches s'élevait un petit trône de pierre tout empoussiéré et si bizarrement sculpté qu'il piqua tout de suite sa curiosité. Ce n'est que lorsque je fus tout près que je me rendis compte combien ce trône était minuscule. L'être pour qui il avait été sculpté devait mesurer au plus trois pieds de haut. Je me penchai sur le trône et me mis à examiner les singuliers dessins qui l'ornaient. C'étaient pour la plupart des répliques d'êtres inconnus de moi, des monstres hideux parmi lesquels je reconnus toutefois

84

quelques Warugoth-Shalas. Ces êtres difformes si fidèlement reproduits étaient-ils les habitants qui, autrefois, avaient peuplé ce quartier pauvre ? Je frissonnai. Je commençais à penser qu'au fond j'étais chanceux de ne pas avoir découvert la Cité au temps où elle était florissante lorsqu'un dessin plus délicat que les autres attira mon attention. Il était placé au centre du dossier, à l'endroit exact où la tête devait s'appuyer. Pour mieux examiner ce dessin, je passai doucement mes doigts dessus pour en chasser la poussière. Aussitôt, une ondée de lumière jaillit d'entre mes doigts et se perdit dans les vagues de rayons lumineux qui m'entouraient. Je frottai plus vigoureusement le dossier du trône et je m'aperçus bientôt qu'il n'était pas sculpté dans la pierre mais dans une matière extraordinairement brillante qui ressemblait à du cristal. Ce petit trône qui paraissait si pauvre et si vulgaire lorsque j'avais débouché sur la place resplendissait maintenant et l'atmosphère autour de lui avait perdu sa teinte rougeâtre pour ne garder que celle, éclatante, des rayons lumineux. Une pensée traversa alors mon esprit : si le trône avait perdu sa splendeur parce qu'il était recouvert de poussière, peut-être que tous les taudis qui entouraient la place . . . Je descendis du socle et me dirigeai vers une maison basse qui ressemblait à un petit sanctuaire, avec ses sculptures sur la devanture et ses fenêtres rondes, et me mis à frotter le bord de la porte. Une couche de poussière se détacha et découvrit un montant en cristal qui brilla violemment sous mes yeux. Tout le quartier était-il donc en cristal ? Du temps où la Cité avait été vivante — car je ne doutais nullement qu'elle fût morte — il devait resplendir comme un soleil ! Ce n'était donc pas un quartier pauvre ! Mais quel était-il ? Quels êtres extraordinaires avaient donc pu vivre dans ces maisons brillantes comme des diamants ?

Je reculai de quelques pas et regardai avec compassion ces maisons qui autrefois avaient été luxueuses, étincellantes et qui ressemblaient maintenant à des taudis. Je me dirigeai vers le socle qui occupait le centre de la place, grimpai les quelques marches qui menaient au trône et m'installai sur le siège royal en contemplant cette place qui jadis avait dû être splendide et qui maintenant ne laissait filtrer dans l'air que quelques vestiges de lumière et de richesse allant se perdre dans le ciel rouge. J'appuyai sans m'en rendre compte la tête sur le petit dessin que je venais de frotter . . .

Une explosion de lumière se produisit autour de moi, le quartier entier trembla et du fond de ma tête surgit un hurlement qui résonna de longues secondes en me clouant de douleur. Tout le rouge de l'atmosphère avait disparu ! Les maisons brillaient comme des astres et le ciel était redevenu vert ! La petite place était bondée de gens. Des centaines, des milliers d'étranges êtres remplissaient la place en faisant un vacarme d'enfer ! Ceux qui étaient le plus près de moi s'accrochaient au socle pour éviter d'être emportés par la foule et criaient comme des damnés. Tous ces êtres hurleurs et difformes se poussaient violemment en se dirigeant vers le sanctuaire aux fenêtres rondes et s'engouffraient à l'intérieur en se battant. Soudain, une grande clameur s'éleva, toutes les têtes se tournèrent vers l'entrée de la place. La foule se sépara en deux, ouvrant en son sein un large espace vide qui partait du sanctuaire et débouchait sur la route. Le silence se fit tout d'un coup. Après une ou deux minutes d'attente pendant lesquelles la foule ne bougea pas, une étrange procession fit son entrée sur la place.

En tête se tenaient trois joueurs de flûte, nains grotesques qui soufflaient à s'exténuer dans d'indescriptibles instruments qui jetaient des sons discordants et lugubres. Derrière eux venaient douze femmes qui se tenaient très droites, la bouche grande ouverte, et qui semblaient glisser plutôt que marcher. Elles hurlaient toutes le même son en frappant de temps à autre sur une sorte de tambourin qu'elles portaient à bout de bras. Leur chant ressemblait à un sanglot sans cesse répété, à une plainte provenant du fond des temps, éternelle, désespérée. Ensuite venaient des joueurs de tambour vêtus d'inimaginables vêtements multicolores, puis des porteurs de drapeaux et une foule de petits êtres hauts à peine d'un pied qui lançaient des cris joyeux et sautillaient comme des bouffons. Et derrière eux s'avançaient une trentaine de personnages absolument étonnants : des hommes à têtes énormes, à cerveaux démesurément développés, vêtus de lourdes robes d'apparat somptueuses et flamboyantes et coiffés de splendides tiares à cinq étages coulées dans un métal plus jaune et plus brillant que l'or. Ils portaient tous une grande étoile verte sur la poitrine et marchaient en s'appuyant sur des crosses serties de pierreries. Ils chantaient un hymne très lent au rythme bizarre et envoûtant.

Soudain, la foule se mit à hurler de peur, la procession s'immobilisa et . . .

Je ne sais plus . . . je ne sais plus ce qui se passa alors . . . Je sais que quelqu'un fit son entrée mais je ne sais plus qui . . . Je me souviens seulement d'un dais somptueux, d'une robe de métal vert et . . . de deux pinces d'or !

La place était redevenue déserte et sale. Les maisons avaient repris leur aspect de pauvreté. Je venais de redresser la tête qui ne s'appuyait plus sur le petit dessin du trône. Quelques rayons de lumière ondoyaient ici et là, se croisant, se fondant. J'avais atrocement mal à la tête. Je fis en titubant deux ou trois fois le tour de la place à la recherche du prolongement de la route. Je voulais sortir au plus vite de cette atmosphère rouge. Mais les maisons, accolées les unes aux autres, encerclaient complètement la place et ne laissaient un espace libre qu'à l'endroit d'où j'étais venu. La route semblait s'arrêter dans ce cul-de-sac. Mais je pensai tout de suite qu'il me suffirait de franchir une des maisons qui m'entouraient pour parvenir au deuxième quartier de la Cité comme je l'avais fait pour m'introduire dans celui-ci. Je m'approchai donc du petit sanctuaire dans lequel s'était engouffrée la foule de ma vision et traversai rapidement le vestibule.

Alors que je m'attendais à trouver une sorte d'église ou, du moins, une quelconque salle de réunion, je ne vis qu'un long couloir étroit, sombre, bas, éclairé ici et là par de petites lampes pendues au plafond, qui plongeait à une profondeur surprenante à l'intérieur du bâtiment. Je m'engageai dans ce corridor en observant avec curiosité les murs nus recouverts de poussière d'où s'échappaient cependant quelques rayons lumineux qui laissaient deviner la matière brillante sous la saleté. Je marchai de longues minutes dans ce corridor pour le moins étrange avant de me buter à un mur complètement nu. Je crus que le corridor se terminait à cet endroit et je me préparais à rebrousser chemin lorsque j'aperçus une porte sur le mur de gauche du couloir. La salle

que je cherchais devait se trouver derrière cette porte . . .
Cette dernière s'ouvrit facilement et je sursautai en trouvant
derrière non pas une salle mais un autre corridor exacte-
ment semblable à celui que je venais de traverser et qui le
prolongeait perpendiculairement. Il était un peu moins bien
éclairé toutefois. Je traversai ce deuxième couloir en pressant le pas. Au bout, je trouvai un autre mur nu et, à
gauche encore, une deuxième porte, en tous points semblable
à la première. Je la poussai : un autre couloir ! Un peu
moins bien éclairé que le deuxième. Je traversai ce troisième
corridor au pas de course et, au bout, je trouvai un autre mur
et une autre porte à gauche que je poussai d'un coup de pied
rageur. Il y avait évidemment un autre couloir. Moins bien
éclairé que le troisième . . . Je n'y voyais presque plus et
devais tendre les bras devant moi en marchant.

Mais au bout de ce couloir, au lieu d'un mur, je trouvai
une énorme porte de métal.

« Logiquement, me dis-je, je devrais trouver derrière cette
porte le vestibule par où je suis entré puisque je viens de faire
le tour de la bâtisse en traversant les quatre couloirs perpen-
diculaires les uns aux autres. J'ai dû mal m'orienter en entrant
et passer sans la voir devant la porte qui menait à la salle
que je cherche. » Je poussai de toutes mes forces sur la porte
de métal qui s'ouvrit silencieusement. Mais, derrière, je ne
trouvai ni le vestibule ni la porte d'entrée ! Il y avait seulement un corridor comme les autres, perpendiculaire au quatrième et sombre comme la nuit. Je n'étais pas revenu à mon
point de départ et pourtant je n'avais ressenti en parcourant
les quatre couloirs aucune impression de monter ou de descendre ! La seule solution qui s'offrait à mon esprit était que

les couloirs, chose que je n'avais pas vérifiée mais qui semblait logique, étant de plus en plus courts, s'acheminaient inévitablement vers un point central ; la fameuse salle. Mais alors, comment faire pour trouver une sortie menant au deuxième quartier ? Je n'aurais qu'à revenir sur mes pas . . . Mais pour le moment il fallait à tout prix que j'atteigne le bout de ces corridors pour voir ce qu'ils cachaient . . .

Il faisait complètement noir et j'avais beaucoup de difficulté à avancer. Au bout de quelques instants à peine, je crus entendre un bruit derrière moi. Je m'arrêtai. Le bruit continua quelques secondes puis s'arrêta à son tour. C'était comme une respiration, comme le souffle saccadé de quelqu'un qui a couru longtemps . . . Je restai un long moment immobile mais rien ne se produisit. Je me remis en route, mettant cela sur le compte de mon imagination. Mais au bout de quelques secondes je me figeai sur place : cette fois j'avais bel et bien entendu quelqu'un marcher derrière moi. Les pas s'étaient arrêtés en même temps que les miens. Le cœur serré, j'étendis les bras et fis un tour complet sur moi-même en les agitant, pour voir si quelqu'un ou quelque chose se trouvait près de moi. Mais il n'y avait rien. Je repris lentement ma marche. Rien d'autre ne se produisit jusqu'à ce que j'arrive au bout du couloir qui, je le remarquai, était sensiblement plus court que le précédent.

Comme toujours, un mur nu et, en tâtonnant un peu, une porte, à gauche. Peut-être y aurait-il de la lumière derrière celle-ci . . . Non. C'était aussi noir et aussi peu rassurant (depuis que j'avais entendu respirer et marcher derrière moi une certaine nervosité s'était emparée de moi et je me retournais sans cesse, même si je n'y voyais rien) que dans

90

le corridor précédent.   Je franchis la porte en hésitant et m'engageai dans ce sixième couloir, plein d'appréhension et le cœur battant.   Je m'arrêtai net au bout de quelques pas : cette fois j'étais absolument sûr d'avoir entendu des pas et deux respirations !   Ils étaient deux, maintenant !   Je me mis à marcher à grands pas, me cognant aux murs, m'écorchant les mains.   Enfin, au bout de quelques instants, un mur nu et, à gauche, une porte.   J'allais pousser celle-ci lorsque qu'une idée me paralysa : dans le prochain corridor — car je ne doutais pas qu'il y eût un corridor derrière cette porte — les bruits de pas n'allaient-ils pas recommencer et n'allais-je pas entendre une troisième respiration ?   Combattant la peur qui m'envahissait, je poussai la porte et la franchis presque en courant . . .   Oui !   Ils étaient trois !   Ils étaient trois !   Quelqu'un m'attendait donc dans chaque couloir depuis que j'avais traversé la quatrième porte !   Je me retournai brusquement et criai à tue-tête : « Qui est là ?   Qui êtes-vous ?   Que voulez-vous ? »   Je levai les bras et revins sur mes pas en battant l'air de mes mains.   Rien.   Je continuai mon chemin à petits pas, la peur au ventre.   Arrivé au bout de ce septième corridor, j'hésitai avant d'ouvrir : et si le quatrième personnage qui m'attendait sans doute derrière cette porte ne me laissait pas passer ?   Et si, cette fois, ils se jetaient sur moi tous les quatre ?   Par contre, au bout de ce huitième couloir, je trouverais peut-être, ayant fait deux fois le tour du sanctuaire, la salle que je cherchais . . . ou un chemin . . . un chemin pour sortir de la bâtisse . . .   Un moment je pensai à revenir en arrière mais lorsque je songeai à tout le chemin que j'aurais à parcourir et surtout aux trois personnages qui se trouvaient derrière moi et qui m'épiaient

91

sûrement, je pensai qu'il était plus sage de traverser ce huitième corridor au bout duquel je trouverais peut-être une issue . . . Comme pour me presser à pousser la porte, les trois êtres se mirent à bouger derrière moi. Alors la panique me prit. S'ils voulaient m'attaquer, pourquoi ne le faisaient-ils pas tout de suite ? Je me retournai tout à coup et criai à nouveau : « Qui est là ? » de toutes mes forces. Les trois personnages s'immobilisèrent. « Mais qui est là ? », répétai-je après un instant et aussitôt j'entendis des gloussements désagréables tout près de moi, juste à la hauteur de mes cuisses. Je lançai un cri de terreur et poussai la porte qui se trouvait derrière moi. Le huitième couloir était aussi obscur et . . . Je restai figé très longtemps, tremblant comme une feuille : là, devant moi, caché dans la noirceur, le quatrième personnage ne m'épiait-il pas, lui aussi ? Je n'osais plus faire un pas. Si j'allais le toucher en passant ! Je me sentais devenir fou de terreur. Mais au bout du corridor, au bout du corridor, il y avait peut-être la liberté ! Une salle où le pourrais me réfugier ! Je m'élançai dans l'obscurité. Au bout de quelques pas à peine, quelque chose se jeta dans mes jambes et je tombai lourdement sur le sol. En me débattant, je frôlai une forme, des bras peut-être, qui s'était enroulé autour de mes cuisses. Je me mis à hurler en agitant les jambes pour me libérer. J'entendis des petits rires cristallins autour de moi et, soudain, une voix cria quelque chose dans une langue que je ne connaissais pas. L'étreinte se relâcha aussitôt et je pus me relever. Je m'aperçus alors que je me trouvais juste devant une seconde porte de métal contre laquelle je me serais sûrement assommé si les êtres qui me poursuivaient ne s'étaient pas jetés en travers de mon chemin . . .

Je poussai la porte de toutes mes forces. C'était peut-être la liberté !

Non ! Encore un corridor ! Encore un corridor ! Plus bas. Plus noir. Et quelqu'un, un autre petit être rieur, qui m'attendait, qui attendait que je passe pour se mettre à ma poursuite comme les quatre autres !

Plus d'espoir. C'était la fin. Je sentis que j'étais perdu dans ce labyrinthe. J'étais stupidement tombé dans le premier piège que m'avait tendu la Cité ! Je n'avais été attiré jusque là que pour mourir . . . Il ne me restait plus qu'à lutter le plus longtemps possible. Il me fallait courir, courir, sans m'arrêter, que pour mourir, exténué, mes poursuivants à quelques pas derrière moi, qui me rejoindraient, se jetteraient sur moi et m'achèveraient. Il fallait courir, ouvrir toutes les portes, laisser la foule derrière moi s'enfler, grossir à l'infini, jusqu'à la limite de mes forces, jusqu'à la dernière porte que mes forces me permettraient d'ouvrir, et là me jeter dans les bras de mes poursuivants. Il fallait courir, me butant contre les murs, trébuchant . . . espérant . . . oui, espérant malgré tout atteindre l'extrémité de cet écheveau de corridors, apercevoir soudain une clarté, une lueur derrière une porte, m'annonçant la fin du couloir, infime espoir, suprême espoir, et me débarrasser ainsi de cette foule de petits êtres crieurs . . . ou sinon me traîner jusqu'à l'extrême limite de mes forces, jusqu'à ce que tout espoir m'abandonne complètement . . . et capituler. J'étais fou de désespoir.

Je m'élançai dans ce nouveau corridor qui semblait plus bas mais que je sentais plus large cependant, que les huit autres. Je ne butai contre aucun mur ; aucune aspérité dans le sol ne me fit tomber ; je compris soudain, par l'écho de mes pas qui me revenait de très loin, que je ne rencontrerais plus de portes, que j'avais enfin atteint la salle que je cherchais mais que cette salle était un endroit maudit, infini, illimité, sans issue. Sans issue !

Soudain, derrière moi, des pas. Des cris. D'abord lointains et confus, puis plus forts et plus distincts. Mes poursuivants revenaient ! Mais ils étaient beaucoup plus que cinq ! Ils s'étaient multipliés et grandissaient sans cesse en nombre ! S'ajoutèrent bientôt aux bruits de pas et aux cris des rires stridents, des rires déments et des sifflements insupportables. Puis j'entendis des voix qui hurlaient, puis d'autres qui chantaient des cantiques étranges et gutturaux ! Et tout cela se rapprochait à une rapidité folle ! Je devenais fou ! Une foule hurlante, incommensurable, courait derrière moi, criant, sautant, chantant, une foule en colère aussi, qui voulait ma mort, qui chantait des cantiques de mort, qui lançait des cris de mort, une foule sanguinaire à la poursuite de l'intrus qui avait osé violer le sanctuaire, qui avait osé violer la Cité interdite et qu'il fallait tuer, égorger, déchiqueter, anéantir !

Je courais comme une bête traquée. La foule se rapprochait de plus en plus de moi et je voyais venir avec horreur l'instant fatal où les premiers de mes poursuivants réussiraient à m'atteindre . . . Je courus ainsi pendant de longues minutes, pendant des heures, peut-être, dans l'obscurité la plus complète, lançant parfois des hurlements de désespoir, sanglotant, écrasé par la peur. Des tambours et des flûtes s'étaient ajoutés aux autres bruits et des milliers d'autres

sifflements aigus.   Une voix, une terrible voix de femme
couvrit soudain tout ce vacarme, je sentis ma tête éclater
sous une douleur intolérable ; je chancelai, une formidable
explosion se fit autour de moi et je perdis connaissance.

Lorsque je repris mes esprits la lumière était revenue.
J'étais seul au milieu d'une immense salle de cristal absolument nue, au plafond transparent qui laissait voir le ciel
rouge strié d'ondes lumineuses et soutenu par de fines colonnettes serties de pierres précieuses, au sol lisse et luisant
comme un miroir ; une pièce si vaste que mes yeux avaient
peine à en distinguer les extrémités, et si haute que ses colonnes semblaient se perdre dans le ciel de verre. J'étais seul.
Sous mes pieds, seul dessin sur ce sol uni, était gravé le
médaillon que j'avais vu sur le petit trône de la place rouge.
Je me levai péniblement et fis quelques pas dans la pièce en
regardant autour de moi.   Un petit être, tordu et boiteux, issu
de nulle part semblait-il, accourut vers moi et me repoussa à
l'intérieur du dessin.   Intrigué, je fis le geste de vouloir sortir
à nouveau des limites du dessin mais le nain difforme me fit
signe qu'il ne fallait pas, qu'il fallait rester là et attendre.

Presque aussitôt éclatèrent à l'autre bout de la salle des
bruits désagréables et monocordes de flûtes et de tambours,
comme ceux que j'avais entendus dans les corridors.   Une procession approchait lentement, précédée du fracas des instruments et des voix discordantes.   En tête se tenaient trois
joueurs de flûte, nains grotesques   qui   soufflaient   à
s'exténuer dans d'indescriptibles instruments jetant des sons
lugubres ; derrière eux venaient douze femmes qui se tenaient
très droites, la bouche grande ouverte, et qui semblaient glisser
plutôt que marcher.   Elles hurlaient toutes le même son en

frappant de temps à autre sur une sorte de tambourin qu'elles portaient à bout de bras. Leur chant ressemblait à un sanglot sans cesse répété, à une plainte provenant du fond des temps, éternelle, désespérée. Ensuite venaient des joueurs de tambours vêtus d'inimaginables vêtements multicolores, puis des porteurs de drapeaux et une foule de petits êtres hauts à peine d'un pied qui lançaient des cris joyeux et sautillaient comme des bouffons. Et derrière eux s'avançaient une trentaine de personnages absolument étonnants : des hommes à têtes énormes, à cerveaux démesurément développés, vêtus de lourdes robes d'apparat somptueuses et flamboyantes et coiffés de splendides tiares à cinq étages coulées dans un métal plus jaune et plus brillant que l'or. Ils portaient tous une grande étoile verte sur la poitrine et marchaient en s'appuyant sur des crosses serties de pierreries. Ils chantaient un hymne très lent au rythme bizarre mais envoûtant. Enfin un magnifique dais sculpté dans le verre apparut, surchargé d'or, de pierres précieuses et de plumes aux couleurs incroyables. Mais il n'y avait personne sous le dais. Et quelques pleureuses suivaient, silhouettes toutes cassées qui hurlaient en se frappant la poitrine et en levant ensuite les bras au ciel.

Lorsque la procession fut rendue à ma hauteur, les êtres étranges qui la composaient firent un détour pour éviter de passer sur le dessin sur lequel je me tenais et se mirent à tourner lentement autour de moi, chantant, jouant de leurs instruments, sautillant, sans toutefois jeter un regard dans ma direction. Après plusieurs minutes de ce manège, le silence se fit petit à petit même si tous continuaient à chanter, à crier, à jouer du tambour et de la flûte. Les sons semblaient s'éloigner tout à coup, puis s'éteignaient complètement. Quelques êtres s'effacèrent soudain, des trous se firent dans la procession et enfin tous les personnages disparurent dans l'air en continuant leurs supplications et leurs chants muets.

Seul demeura auprès de moi le nain difforme qui m'avait fait signe de rester à l'intérieur du médaillon gravé dans le sol. Il me contemplait d'un air amusé. Il se tenait sur l'extrême limite du dessin qui semblait lui être interdit à lui aussi et souriait largement, ses deux poings posés sur ses hanches. « Je suis arrivé à temps, me dit-il soudain. Sans mon aide, la Deuxième Confrérie de Gauche t'aurait jugé et exécuté. Je t'ai vu entrer dans le sanctuaire et j'ai voulu savoir jusqu'où irait ton courage voilà pourquoi je ne suis pas intervenu plus tôt. Tu avais encore de l'espoir, même après la Huitième Porte ! J'aurais pu les multiplier, te faire traverser vingt, cinquante corridors mais j'ai jugé que c'était inutile. Je crois que jusqu'à la limite de tes forces tu aurais espéré trouver une issue quelconque, une brèche dans un mur ou un trou dans le sol qui t'aurait mené à l'extérieur du bâtiment . . . Tu vois que j'ai su lire en toi . . . Tu peux sortir du médaillon, maintenant. Ils sont partis. Tout danger est écarté : la Cérémonie est commencée et rien ne saurait l'interrompre. » Je sortis donc de la zone ornementée, mais non sans ressentir une certaine appréhension, je dois l'avouer. Aussitôt le nain s'approcha de moi et me toucha le bras. « Je suis Ghô, dit-il, le dieu déchu, le serviteur des dieux. Autrefois, j'étais puissant et mon quartier était le plus riche et le plus beau de la Cité. Mais je n'aimais pas Ismonde, ma mère, la Déesse-mère, et vois ce que je suis devenu pour m'être révolté. Un monstre. Un serviteur. Comme les oiseaux-hyènes. Comme les Warugoth-Shalas. Mais je ne me tiens pas pour battu et ma vengeance sera terrible ! Je me prépare depuis des millénaires, étranger, et ma vengeance est proche ! Parce que j'ai découvert le moyen de détruire les Khjœns ! Tu peux m'être utile, étranger, tu es courageux ! Viens avec moi, toi qui t'es introduit dans la Cité par mon quartier plutôt que par celui de Wolftung et je te montrerai mes prisonnières ! Et mes armes ! Viens avec moi, étranger, et écoute-moi. Je veux tout te confier parce que j'ai besoin de toi. Reste dans mon royaume. Ne t'avises jamais d'en sortir parce qu'Ils savent que tu es ici et qu'Ils te tueraient comme ils ont tué Charles Halsig et tous les autres avant lui. Non, ne pose pas de questions, tu ne dois pas parler. Tu ne dois pas prononcer une seule parole avant d'avoir appris notre langage sacré. Tu me comprends en ce moment mais je ne te parle pas dans ta langue. Tout son étranger au langage sacré est une insulte à la Cité et pourrait t'être fatal ! Déjà, dans les corridors, tu as violé les oreilles de la Cité comme tu as violé ses yeux en les touchant avant de pénétrer chez les Warugoth-Shalas. Il ne faudrait pas recommencer. Viens, je t'en ai assez dit pour le moment. Suis-moi. »

Ghô me prit par la main, leva la tête vers le ciel et prononça un étrange mot. Aussitôt la salle de cristal se mit à fondre comme un morceau de glace ; le plafond, les murs, les colonnettes s'embuèrent, se brouillèrent, coulèrent comme de l'eau en formant de grands trous dans le palais et enfin disparurent. Alors commença un voyage dans l'espace comme j'en avais connu un dans le premier rêve que j'avais fait dans mon enfance : j'avais l'impression que nous nous déplacions à une très grande vitesse, le nain et moi, dans l'atmosphère rougeâtre striée de raies lumineuses. Lorsque nous nous

arrêtâmes, nous étions sur le bord d'un immense trou creusé
dans le sol. « Ici est mon repaire, dit Ghô. Aucun des
habitants de ta planète qui sont venus avant toi n'y est entré
parce que mon quartier est le dernier de la Cité et qu'aucun
d'eux n'a pu se rendre jusqu'ici. Tu es le premier humain
à pénétrer dans ma cachette mais dis-toi aussi que tu es ici
pour m'aider à tuer les autres dieux et que lorsque tu sortiras
de chez moi ce sera pour m'emmener avec toi en dehors de
la Cité que nous aurons détruite ! » J'allais protester mais
Ghô me tira par la main et nous nous mîmes à descendre
un escalier creusé dans le sol, qui s'enfonçait en suivant les
parois du trou.

    « Oui, quand nous aurons détruit les Khjœns, quand
nous aurons détruit le Dieu-père et la Déesse-mère, quand la
Cité n'existera plus, tu m'emmèneras avec toi dans ton monde
et nous serons très puissants. Charles Halsig aurait accepté
cette offre, lui, mais ils ne l'ont pas laissé se rendre jusqu'à
moi. Ils l'ont assassiné avant ! Parce qu'il ne voulait pas
devenir un Grand Initié ! Quelle farce ! Il n'y a plus de
Grands Initiés depuis que la lune s'est emparée de l'Oeuf !
Il n'y a plus de Grands Initiés depuis que la Terre de Mû et
que l'Atlantide ont disparu ! Ils le savent, pourtant ! Alors
pourquoi persistent-ils ? » Il faisait très noir et je n'y voyais
rien mais Ghô semblait connaître l'escalier parfaitement et
nous descendions à toute vitesse. Je le suivais en titubant,
je manquais parfois une marche ou deux et je faillis tomber
plusieurs fois mais Ghô semblait ne se rendre compte de rien
et continuait son chemin en me tirant par la main et en mono-
loguant. « J'attends ce moment depuis si longtemps, si tu
savais ! Je ne puis sortir de l'Oeuf, personne ne peut sortir

de l'Oeuf, hormis les Warugoth-Shalas, sans le consentement d'un humain, voilà pourquoi nous sommes confinés depuis des milliers d'années dans cette Cité autrefois immensément riche mais que le temps, le maudit temps des Khjœns, a rongée, recouverte de poussière et réduites en ruines ! » Nous descendions depuis très longtemps et l'escalier de pierre semblait ne vouloir jamais finir. « Oh ! étranger, je connais de longue date le moyen de détruire les Khjœns et chaque fois qu'un humain réussissait à pénétrer dans la Cité j'espérais qu'il atteignît mon quartier pour mettre mes projets à exécution ! Mais chaque fois les autres dieux, prisonniers eux aussi de leurs quartiers décadents, s'emparaient de lui ! Lounia chantait, Wolftung revêtait sa robe bleue, Anagwalep et Waptuolep lançaient leur terrible cri de guerre et Ismonde . . . Oh ! étranger, je te souhaite de ne jamais voir Ismonde, de ne jamais rencontrer M'ghara parce qu'ils sont les plus terribles des dieux de la Cité, les plus puissants aussi, et les plus déments. Ils feraient tout pour sauver la Cité, pour la rebâtir et reprendre le pouvoir mais pour le moment ils ne peuvent rien, prisonniers qu'ils sont dans la salle du trône de leur sombre palais, Ismonde installée sur le trône et M'ghara debout derrière elle, les yeux fixés sur la porte, attendant . . . que tu arrives ! » Nous nous étions brusquement arrêtés durant ces derniers propos du nain. Je sentais que Ghô s'était retourné et qu'il me regardait droit dans les yeux mais je ne le voyais pas. Il avait posé ses deux mains sur mes bras et parlait précipitamment, comme un fou en délire. « Ne t'avises jamais de sortir d'ici, tu m'entends ? Tu m'appartiens parce que tu as commencé ton voyage à l'envers ! Tu feras ce que je te dirai de faire tout le temps que tu seras ici, sinon . . . Mais tu es intelligent et tu comprendras que c'est dans ton intérêt de m'obéir à la lettre. Je te respecterai parce que j'ai besoin de toi mais dis-toi qu'à la moindre désobéissance tu subiras le même sort que Charles Halsig ! Je suis prêt à tout ! Les dieux se meurent, étranger, et lutteront pour continuer à vivre le plus longtemps possible ! Mais les Khjœns sont chez moi et les autres dieux n'y peuvent rien ! Les Khjœns ont toujours été chez moi et Ismonde s'est condamnée elle-même lorsqu'elle m'a répudié ! Seul un humain peut sauver les autres dieux parce qu'il peut voyager d'un quartier à l'autre et qu'eux ne le peuvent plus depuis que je suis devenu ce que je suis aujourd'hui. Comprends-tu, étranger, comprends-tu ? Ils veulent tous s'emparer des Khjœns parce que seul celui qui possède les Khjœns est immortel ! Si tu avais commencé ton voyage par le quartier de Wolftung, Wolftung t'aurait envoyé ici pour me tuer et pour emporter par quelque moyen que ce soit les Khjœns dans son quartier ! Comprends-tu ? Mais moi qui possède les Khjœns, il ne me suffit pas d'être immortel ! J'ai une haine à assouvir ! Je veux détruire les Khjœns et lorsque les Khjœns mourront, la Cité disparaîtra ! Mais avant que la Cité disparaisse, je veux sortir de l'Oeuf et pour ce faire, j'ai besoin de toi ! »

A cet instant un grand cri nous parvint des tréfonds de cet enfer noir, un cri strident, continu, ressemblant vaguement à une note perçante d'orgue. « Ce sont Elles, s'écria Ghô. Je continuerai mes explications plus tard. Viens. » Et nous reprîmes notre descente.

Ghô avait parlé d'une façon si décousue que je n'avais à peu près rien compris de ce qu'il avait dit, sauf peut-être qu'il voulait que je l'emmène avec moi hors de l'Oeuf. Mais je ne voulais pas emmener Ghô à l'extérieur de l'Oeuf ! Déjà je formulais l'intention de m'échapper de ce quartier et, si possible, de la Cité et de l'Oeuf et de rentrer . . . Rentrer chez moi ? Pour la première fois depuis le début de mon voyage, je sentis que je n'étais plus libre de mes actes et que je ne pouvais pas retourner dans mon monde sans le consentement de la Cité ! Mais j'allais m'échapper de ce quartier, ça, j'en avais la ferme intention ! Je n'aiderais pas Ghô à détruire les Khjœns, quoi qu'elles fussent !

Du fond du trou, d'où nous provenait le cri que nous entendions depuis quelques instants, monta soudain une clarté diffuse et rougeâtre. Nous entrâmes bientôt dans cette zone de lumière et Ghô se tourna de nouveau vers moi. « Tu m'as bien compris, n'est-ce-pas ? dit-il. Pas un mot ! Pas même un son ! Il ne faut pas que les sacrificateurs ni le peuple ne s'aperçoivent que tu es ici ! » Nous descendîmes encore quelques marches pour aboutir finalement dans une immense galerie où je retrouvai avec grand déplaisir l'atmosphère rouge striée de rayons lumineux qui m'avait indisposé à mon arrivée dans le quartier du nain. Je portai la main à mon front car mon mal de tête me reprenait mais Ghô me dit : « Tu n'en as pas pour longtemps à souffrir ainsi. Nous approchons de la Salle des Sacrifices, le seul endroit qui soit resté intact depuis mon malheur et où l'atmosphère est restée pure. » En effet, à mesure que nous avancions dans la galerie, le rouge de l'atmosphère s'atténuait pour faire place à une brillante clarté et mon mal de tête disparut comme par enchantement.

Le cri, les cris devrais-je dire car d'autres s'étaient joints au premier, prenaient aussi de l'ampleur à mesure que nous avancions. Soudain, la galerie déboucha sur une immense

102

caverne éclatante où une grande foule, toujours la même, était rassemblée en silence. Au milieu s'élevait une sorte d'autel sur lequel trônait une énorme statue représentant un monstre d'une grandeur colossale qui me rappelait vaguement les Warugoth-Shalas, mais plus carré et muni d'ailes de métal grandes ouvertes. Devant cet autel se tenait un être mi-homme mi-insecte au tronc humain mais aux jambes et aux bras démesurés et repliés, et à la tête hideuse, allongée par derrière et couverte d'écailles ; et un joueur de flûte qui tirait de son instrument d'étranges notes chaudes et mélancoliques qui éveillèrent en moi un confus souvenir de réveil et de course à travers le Vert . . . Le prêtre portait sur la tête une sorte de tiare de verre décorée de pierres noires et vertes. Il esquissait de temps à autre devant l'autel de singuliers pas de danse qui laissaient voir l'extraordinaire longueur de ses membres, pour ensuite se pencher vers le sol et tracer à l'aide d'une craie noire des dessins que je ne voyais pas clairement mais que je devinais semblables à celui que j'avais trouvé sur le petit trône et sur le sol de la salle de cristal. Lorsque le prêtre avait fini de dessiner et de danser, la foule se prosternait pendant que les autres joueurs de flûte et les joueurs de tambour entonnaient une mélodie très douce, presque plaintive. Et par dessus tout cela, comme en contrepoint, les cris lointains continuaient sans jamais s'arrêter, comme une plainte éternelle.

Soudain, alors que la foule était recueillie, un être difforme, très petit et tout boitillant, se détacha d'un groupe et monta les quelques degrés qui menaient à l'autel. Personne ne bougea. Tous gardèrent la tête baissée. Même le prêtre. Même les joueurs de flûte et de tambour. Le nain grimpa sur l'autel, se mit à genoux devant la statue et se prosterna jusqu'à terre.

Alors se produisit une chose horrible ! Je vis la statue s'animer lentement, se pencher, prendre entre ses doigts le nain et refermer sa main d'un coup sec. Un bruit semblable à celui que fait un insecte qu'on écrase se fit entendre. Personne ne bougea. Les flûtes et les tambours continuèrent leur mélopée, mais un peu plus lentement. La statue se redressa soudain et lança dans la foule le nain broyé et sanglant. Un remous se fit à l'endroit où le corps s'écrasa mais personne n'osa lever la tête vers l'idole. Les flûtes et les tambours s'arrêtèrent un instant à peine, puis reprirent leur mélodie, plus plaintifs, plus geignards. La statue se figea dans un grand sourire. Le prêtre se jeta à plat ventre.

Ghô se tourna vers moi et me dit : « Je n'accepte jamais de si piètres cadeaux ! »

Il me fit signe de rester caché où j'étais et pénétra dans la caverne en faisant claquer ses pieds sur la pierre, la tête droite, le regard hautain. Aussitôt un murmure s'éleva parmi la foule qui se redressa avec un ensemble parfait. Les musiciens s'arrêtèrent. Seul le prêtre resta prosterné devant l'autel, les bras en croix. Ghô grimpa les marches qui menaient à l'autel, passa près du prêtre sans le regarder et s'installa sur un trône aménagé aux pieds de l'idole, face à la foule. Il fit signe aux musiciens de continuer. La mélodie reprit, encore plus lente qu'auparavant.

Ghô semblait attendre quelque chose qui ne se produisait pas et une certaine nervosité perçait dans son regard. Appuyé au dossier du trône, il fixait la foule sans rien dire. Je voyais trembler quelques petits êtres qui se tenaient enlacés ou qui essayaient de se cacher derrière les musiciens.

Le prêtre se leva enfin et se remit à danser et à dessiner sur le sol pierreux sans s'occuper de Ghô. Celui-ci, insulté, se leva d'un bond, se précipita sur lui et lui arracha la craie des mains. Un cri de stupéfaction jaillit de la foule. Ghô se mit à injurier le prêtre dans une langue que je ne connaissais pas mais ce qu'il lui disait devait être terrible car la foule reculait, terrorisée. Soudain, le nain se tourna vers la foule, leva le poing au ciel et se mit à vociférer comme un démon en marchant de long en large sur le bord de l'autel. Il semblait être dans une colère épouvantable et il parlait très vite et très fort en gesticulant. Il cria tout à coup quelque chose aux musiciens qui s'arrêtèrent pile. Il resta silencieux quelques instants puis revint s'assoir sur son trône. Il sourit de toutes ses dents et prononça deux ou trois mots d'une voix très douce.

Tous se prosternèrent, sauf le prêtre qui ramassa lentement sa craie noire, fit un signe aux musiciens et se remit à danser au son des flûtes et des tambours. La cérémonie semblait recommencer au tout début. Ghô souriait toujours, la tête haute, lançant parfois un regard satisfait dans ma direction.

Alors, du fond de la grotte s'éleva un chant très lent, très étrange, au rythme bizarre, un hymne envoûtant qui donnait envie de pleurer. Et un des hommes à tête énorme et à tiare d'or que j'avais aperçus dans la procession se leva, traversa toute la foule en chantant à voix basse et monta sur l'autel. Il prit la craie des mains du prêtre et se mit à danser comme lui en continuant son chant, mais beaucoup plus lentement et plus dignement aussi. Le prêtre descendit dans la foule et resta debout, le dos tourné à l'autel.

Lorsqu'il eut terminé sa danse, l'homme à la tiare d'or s'approcha de Ghô d'un pas digne et assuré et lui lança la craie à la figure.

Ghô ne bougea pas. Il souriait toujours mais sa bouche s'était figée et son regard lançait des éclairs.

L'homme enleva sa tiare, l'embrassa, la déposa sur le sol avec sa crosse et commença à se dévêtir. Mais au bout de quelques secondes à peine, Ghô se leva en brandissant une arme ressemblant à un poignard et la plongea dans le cœur de l'homme. La foule s'exclama mais l'homme resta silencieux. Il se tint debout encore assez longtemps, puis, soudain, il hurla un étrange mot en s'effondrant sur l'autel. Le prêtre se prit la tête à deux mains et se mit à gémir.

Ghô se pencha sur l'homme, retira son arme et se redressa, triomphant. Il descendit de l'autel, traversa rapidement la foule qui se lamentait. Quand il arriva près de moi, il jubilait. Il tremblait de tous ses membres et son regard était comme fou. « Voilà un sacrifice digne de moi ! s'écriat-il. Tu as vu ? Je n'accepte jamais de petits êtres boiteux comme moi ! Jamais ! Non, ce que j'exige, c'est un Grand-Prêtre, à chaque cérémonie ! Et à chaque cérémonie j'obtiens ce que je veux ! Tu as vu cet homme ? C'était un Grand Prêtre de la Deuxième Confrérie de Gauche, un des seuls Grands Initiés qui restent ! Ils ne sont plus que vingt-six, maintenant, dans la Cité ! Autrefois, lorsqu'ils arrivèrent, que les humains les virent pour la première fois et les appelèrent « anges » ou « dieux », ils étaient des milliers ! Beaucoup sont retournés sur la Planète Verte, d'autres sont morts pendant la Grande Guerre et les autres . . . se sont sacrifiés, comme celui-ci ! Tous ! Bientôt il n'en restera plus un seul et toutes mes inquiétudes se seront envolées : plus personne ne m'empêchera de mettre ma vengeance à exécution ! Je suis encore le Maître, ici, et même ces Grands Prêtres me doivent obéissance dans une certaine mesure . . . Je sais cependant que leur savoir est infiniment plus grand que le mien et qu'ils préparent un complot pour me renverser et prendre ma place ! Mais pendant les cérémonies, je suis le Maître Absolu et j'en profite ! Je les élimine un à un et bientôt la Cité sera à moi ! Tu vois comme je te fais confiance ! Je te dis tout ! Viens, suis-moi. Le temps est venu de te faire voir mes armes . . . et les Khjœns ».

Je ne puis décrire toutes les idées, toutes les pensées contradictoires qui se heurtaient alors dans ma tête ! Je ne voulais pas aider Ghô mais pouvais-je lutter contre lui ? Comment pouvais-je savoir s'il avait raison ou non de vouloir détruire l'Oeuf ? Il m'en avait à la fois trop dit et pas assez ! Il avait parlé de Grands Initiés, d'anges, de dieux, de l'Atlantide et de la Terre de Mû, de la Planète Verte et de la Grande Guerre . . . Comment pouvais-je comprendre ce qui se cachait derrière tout cela ? Je décidai d'attendre avant de prendre une décision, avant de tenter quoique ce soit et je me laissai entraîner par l'affreux nain qui ne m'inspirait plus que haine et dégoût depuis que je l'avais vu assassiner le Grand Prêtre.

* * *

Nous pénétrâmes bientôt dans une petite caverne et je fus tout à coup submergé par un remous de hurlements et de cliquetis de tambourins.   Je fus obligé de me boucher les oreilles et Ghô partit d'un grand éclat de rire en me donnant des tapes sur les épaules.

Au fond de la caverne, derrière un enchevêtrement de stalactites et de stalagmites étaient bâties une série de maisons basses et misérables, véritables taudis, sur le seuil desquelles se tenaient les douze femmes que j'avais vues dans la procession, qui criaient en jouant du tambourin.   Les yeux grand ouverts, elles hurlaient toutes le même son et cela ressemblait à un sanglot ininterrompu, à une plainte éternelle et désespérée.   Mais je sentais quand même que cela était un chant, que ces femmes s'adressaient par ce chant à quelqu'un de très particulier comme si elles demandaient quelque chose . . . quelque chose d'important . . . de vital !

Elles étaient vêtues de longues robes qui semblaient les écraser et leur peau verte luisait comme du métal.   Leurs cheveux, très longs, pesaient lourdement sur leurs épaules, comme une masse.   Elles paraissaient exténuées.   Lorsqu'elles levaient le bras pour frapper sur leurs tambourins, cela semblait leur demander un effort considérable.   Leurs yeux étaient tellement grands et leur regard tellement suppliant que cela me fit peur.

« Les Khjœns ! me cria Ghô.   N'est-ce pas qu'elles sont magnifiques ? »   Il me prit par la main et nous nous approchâmes des Khjœns en contournant les stalagmites.

Et lorsque je fus près d'elles, je vis avec stupéfaction que les Khjœns étaient faites de métal, qu'elles étaient coulées comme des sculptures et que si elles n'arrêtaient jamais de hurler c'est qu'elles ne le pouvaient pas, leur bouche étant moulée ouverte comme dans nos masques antiques . . .   Elles semblaient ne pas se rendre compte de notre présence et continuaient à crier en frappant sur leurs tambourins. Jamais de ma vie je n'ai vu une expression pareille ! Jamais je n'ai lu sur un visage autant de désespoir et de supplication !

Les Khjœns sont les êtres les plus malheureux de la Création, plus malheureux encore que les Warugoth-Shalas, parce qu'elles ne connaissent pas de repos et qu'elles ne savent jamais si leur chant sera entendu de là-haut !

Ghô me fit agenouiller, me prit par les épaules et me parla.

« Regarde, dit-il, tu as devant toi les êtres les plus extraordinaires et les plus importants de la Cité : les Khjœns, les Suppliantes, les déesses qui crient le Temps ! Sans elles, les autres dieux n'existeraient pas. La Cité disparaîtrait. L'Oeuf exploserait ! Elles sont la sauvegarde de la Cité ! Vestales éternelles, elles ont pour office de crier le Temps en demandant au fur et à mesure qu'elles le font la permission de crier le Temps ! Elles ne savent pas à quel moment elles recevront l'ordre d'arrêter de crier, causant ainsi la destruction de la Cité . . . Mais elles ignorent aussi que l'Oeuf n'est plus au pouvoir de la Planète Verte depuis des millénaires et que leur Temps est désormais inutile. Oui, elles sont inutiles, la Cité est inutile, les dieux sont inutiles depuis que la lune s'est emparée de l'Oeuf ! Mais je t'expliquerai tout cela plus tard . . . Sache seulement que pour détruire la Cité il suffisait de trouver un moyen de tuer les Khjœns et que ce moyen, je l'ai découvert il y a des milliers d'années grâce aux manuscrits oubliés sur la Terre de Mû ! Et que j'attends depuis ce temps le jour de ma vengeance ! Nous détruirons la Cité, étranger, et tu m'emmèneras dans ton monde ! Je veux retourner sur ta planète car je sais des secrets qui peuvent faire de moi le roi de l'Univers ! J'ai besoin de toi, étranger, m'aideras-tu ? Veux-tu devenir l'homme le plus riche et le plus puissant de la terre ? »

J'allais crier « Non ! » de toutes mes forces, mais Ghô posa sa main sur ma bouche. « Le réponds pas ! Il ne faut pas que tu parles ! Et de toute façon, tu n'as pas le choix, tu dois accepter ! »

J'étais assis sur mes chevilles et je regardais les Khjœns, épouvanté. Oui, j'en étais sûr, maintenant, je voulais que l'Oeuf soit détruit, je voulais que cet horrible monde disparaisse ! Mais je ne voulais pas emmener Ghô avec moi !

Les Khjœns continuaient leurs supplications, exténuées, désespérées, le regard fou et inquiet. Les Khjœns continuaient à crier le Temps, inexorablement.

Je me levai d'un bond et me mis à courir dans la grotte, me butant contre les piliers de pierre, lançant moi aussi des cris de désespoirs.

Ghô se jeta dans mes jambes et je tombai lourdement sur le sol, en sanglotant. « Je te croyais plus courageux, étranger, me dit Ghô. As-tu peur ? Mais rien ne t'arrivera si tu m'écoutes, je te l'ai dit ! Je t'ai et je te garde ! Ma vengeance sera assouvie grâce à toi et je saurai te récompenser . . . Viens, maintenant, je vais te montrer mes armes ! »

Non, je n'avais pas peur ! Mais Ghô semblait ignorer ce sentiment qu'il m'inspirait et qu'on appelle le dégoût. Lorsque nous sortîmes de la grotte, je jetai un dernier regard derrière moi. Les Khjœns n'avaient pas bougé. Elles frappaient toujours sur leurs instruments d'un geste brusque. Et elles chantaient.

La figure du nain s'était transformée dès que nous avions mis le pied dans la grotte. « Tu vas voir », m'avait-il dit en souriant et ses yeux s'étaient soudain agrandis comme ceux d'un illuminé.

Mais ce que je voyais maintenant dépassait tout ce que j'aurais pu imaginer. Ces armes dont m'avait parlé Ghô n'étaient pas des armes comme celles que j'avais vues toute ma vie dans les films ou dans les défilés militaires. Ce n'étaient ni fusils, ni canons, ni tanks, ni bombes . . . Je ne me serais même pas douté que c'était là des armes si Ghô ne me l'avait dit . . .

Deux immenses cages de verre reliées entre elles par une passerelle occupaient le centre de la grotte. Au-dessus de chacune d'elles était suspendue une hémisphère de métal argenté, ornée de motifs barbares et illuminée de l'intérieur. Et tout cela bourdonnait doucement comme un moteur bien huilé.

J'allais demander à quoi servaient ces armes lorsque Ghô me rappela qu'il ne fallait pas que je parle. « Je vais faire plus que t'expliquer, me dit-il, je vais te faire une démonstration ! Attends-moi ici. »

Il sortit de la grotte. Je me dirigeai lentement vers les cages de verre mais je ne pus m'en approcher à moins de vingt-cinq pieds : une chaleur insupportable se dégageait des deux hémisphères de métal et je dus reculer.

Ghô revint au bout de quelques minutes. Derrière lui s'avançaient deux Khjœns hurlantes qui semblaient glisser plutôt que marcher. Ghô s'arrêta, leur posa une main sur l'épaule et elles se dirigèrent vers les deux cages de verre. Elles

111

pénétrèrent dans la première. Au même moment le silence se fit. Les Khjœns continuaient à hurler mais nous ne les entendions plus ! L'hémisphère de métal descendit doucement et se posa sur la cage. Aussitôt, les deux Suppliantes échappèrent leurs tambourins et portèrent leurs mains à leur bouche. « Elles ne s'entendent plus et croient qu'elles ne crient plus », dit Ghô en souriant. Les Khjœns se mirent alors à courir en tous sens dans la cage, se jetant contre les parois de verre et se frappant l'une contre l'autre . . . Elles aperçurent soudain la passerelle qui conduisait à la seconde cage et s'y précipitèrent, croyant sans doute trouver une issue. Dès qu'elles furent dans la seconde cage, l'hémisphère de métal au-dessus de celle-ci descendit et une lueur rouge, aveuglante, s'en échappa. La grotte trembla et Ghô se mit à rire comme un fou. Les Khjœns s'étaient figées, les mains posées sur leur bouche, et elles commençaient à fondre !

Cela prit de longues minutes. Minutes pendant lesquelles mon regard resta fixé sur la cage de verre. J'étais hypnotisé par les horreurs que je voyais.

Je vis les robes de métal chauffées à blanc couler comme un épais liquide incandescent ; je vis les bras des Khjœns se détacher et fondre, et leurs corps convulsés se tordre ; et je vis leur visage en fusion ruisseler comme de la cire et disparaître dans un dernier regard fou.

Ghô semblait jouir comme un démon ; il regardait tout cela en tremblant et des sueurs coulaient sur son visage transfiguré par un bonheur infernal.

Quand tout fut fini, Ghô se tourna vers moi et me dit : « Il n'en reste plus que dix ! » Il partit d'un grand éclat de rire, me prit par la main et m'entraîna vers la sortie.

INTERCALAIRE

En tête se tenaient trois joueurs de flûte, nains grotesques qui soufflaient à s'exténuer dans d'indescriptibles instruments qui jetaient des sons lugubres ; derrière eux venaient douze femmes qui se tenaient très droites, la bouche grande ouverte, et qui semblaient glisser plutôt que marcher. Elles hurlaient toutes le même son en frappant de temps à autre sur une sorte de tambourin qu'elles portaient à bout de bras. Leur chant ressemblait à un sanglot sans cesse répété, à une plainte provenant du fond des temps, éternelle, désespérée. Ensuite venaient des joueurs de tambour vêtus d'inimaginables vêtements multicolores, puis des porteurs de drapeaux et une foule de petits êtres hauts à peine d'un pied qui lançaient des cris joyeux et sautillaient comme des bouffons. Et derrière eux s'avançaient une trentaine de personnages absolument étonnants : des hommes à têtes énormes, à cerveaux démesurément développés, vêtus de lourdes robes d'apparat somptueuses et flamboyantes et coiffés de splendides tiares à cinq étages coulées dans un métal plus jaune et plus brillant que l'or. Ils portaient tous une grande étoile verte sur la poitrine et marchaient en s'appuyant sur des crosses serties de pierreries. Ils chantaient un hymne très lent au rythme bizarre et envoûtant. Enfin un magnifique dais sculpté dans le verre apparut, surchargé d'or, de pierres précieuses et de plumes aux couleurs incroyables. Sous ce dais se tenaient la Déesse-mère, Ismonde la magnifique, vêtue de sa robe de métal vert, ses deux pinces d'or croisées sur sa poitrine, souriante et orgueilleuse ; M'ghara, le père de tous les dieux, le dieu tout-puissant aux six bras supportant des lampes allumées, son œil unique fixé droit devant lui, la poitrine ornée d'une énorme pierre verte ; et Ghô, le dieu de la Beauté, le dieu de la Jeunesse, le plus bel enfant des dieux, le premier enfant de la Grande Race, le bras posé sur l'épaule d'Ismonde, la tête haute, le regard lointain.

La procession fit son entrée dans le sanctuaire. La foule s'était prosternée. La cérémonie commença. Les joueurs de flûte entonnèrent un air joyeux et la foule se mit à chanter en se relevant. Le Grand-Prêtre fit son apparition, suivi de ses trente-trois diacres recouverts d'or et portant sur leur poitrine de lourds et très vieux volumes ouverts. Le Grand Prêtre salua sept fois la foule et sept fois les dieux. Puis il prit la craie noire des mains d'Ismonde et se mit à dessiner sur le sol. Les joueurs de tambours se joignirent aux joueurs de flûte, rythmant la mélodie très lentement, très doucement, presque imperceptiblement. Quand il eut terminé de tracer sur le sol le symbole de la Planète Verte, le Grand Prêtre se mit à danser en suivant le rythme de la musique, esquissant des pas étranges autour du médaillon sacré, dépliant ses membres démesurés et frappant dans ses mains calleuses. La foule se tut pendant tout le temps que dura cette danse. Les flûtes avaient ralenti leur mélopée qui était devenue triste, langoureuse, sensuelle.

116

Alors une jeune vestale se détacha de la foule, monta sur l'autel, se déshabilla et se coucha sur le dos, les bras croisés sur la poitrine. Aussitôt, Ghô s'approcha lui aussi, se laissa dévêtir par les diacres et couvrit la jeune fille.

La foule se remit à chanter et le Grand Prêtre à danser. Une euphorie s'emparait des musiciens qui faisaient pleurer leurs instruments d'une façon déchirante.

Lorsque Ghô lança son cri de délivrance, le silence se fit, sauf pour les Khjœns qui continuèrent à crier et à frapper sur leurs tambourins, le regard suppliant. La foule se prosterna sept fois devant l'autel. Ghô se releva lentement. Les diacres le rhabillèrent avec des gestes respectueux. La vestale resta couchée sur le sol. Elle resterait là jusqu'à ce que son enfant, le fruit du premier enfant de la Grande Race, naisse, héritier du trône des dieux, premier envoyé de la Planète Verte sur la Terre de Mû.

DEUXIEME QUARTIER

LOUNIA

Ghô me fit visiter son quartier de fond en combles mais
j'étais beaucoup trop préoccupé pour en retenir quoi que ce
soit. Je me souviens vaguement d'immenses châteaux déla-
brés, de rues sales, puantes, tortueuses, de places vides . . .

Je cherchais un moyen de m'échapper du quartier du
nain mais je me sentais totalement impuissant. Ghô m'avait
dit que je n'avais pas le choix et il avait sûrement raison.
Allais-je me voir dans l'obligation de lui obéir et de l'emmener hors de l'Oeuf après l'avoir aidé à détruire la Cité ? Mais
je ne voulais pas ! J'avais été témoin de sa cruauté pendant
la cérémonie et dans la grotte aux armes et je ne voulais pas
voir un tel être pénétrer dans mon monde ! Plutôt le tuer !
Mais tue-t-on un dieu, fût-il déchu ! Ils pouvaient se détruire
entre eux, j'en avais eu la preuve, mais je doutais fort que je
pusse assassiner Ghô. A moins de tuer les Khjœns dans
l'affreuse machine et faire sauter l'Oeuf. Mais comment m'en
sortir ? Devrais-je mourir avec cette maudite Cité que je
n'avais jamais demandé à voir ?

Je chercherais un autre moyen mais j'étais bien décidé :
si cette possibilité restait la dernière, je tuerais les Khjœns,
oui, je tuerais les Suppliantes et je mourrais avec elles plutôt
que d'emmener Ghô avec moi !

121

Mais je pus m'échapper des griffes du nain beaucoup plus vite et beaucoup plus facilement que je ne l'aurais cru. Ce fut si simple ! Il s'agissait d'y penser . . . Et ce fut Ghô lui-même qui commit l'erreur . . .

* * *

Ghô ne m'enferma pas dans un de ses châteaux empoussiérés comme je m'y serais attendu, non, au contraire, il me donna une maison presque convenable en me conseillant toutefois de m'y cacher et, surtout, de ne pas parler si je voulais rester en vie. Sous aucun prétexte ! Parce que si je proférais un seul son, la Cité entière m'entendrait ! Cette phrase de Ghô me sauva. « La Cité entière m'entendrait ! » Tant mieux si la Cité entière m'entendait ! Quelqu'un ferait sûrement quelque chose pour venir me chercher puisque Ghô m'avait dit que les autres dieux s'empareraient de moi et me tueraient si je sortais de son quartier . . Mais qui me disait que le nain avait raison, quelle preuve avais-je que les autres dieux me tueraient ? Charles Halsig ? Mais n'était-ce pas plutôt Ghô qui avait fait tuer Charles Halsig ? De toute façon, je n'avais rien à perdre. Je parlerais donc. Je hurlerais s'il le fallait jusqu'à ce que quelque chose se produise. Mais je savais que Ghô avait plus d'un tour dans son sac, j'en avais eu la preuve avec les Portes . . . Mais Ghô n'allait quand même pas me tuer si j'essayais de m'évader. Il avait beaucoup trop besoin de moi !

* * *

122

J'attendis quelques minutes après le départ du nain, puis je me mis à parler. Tout d'abord à voix basse, en regardant autour de moi. Je disais n'importe quoi. J'ai même récité quelques poèmes, je crois. Mais rien ne se produisit. Je haussai alors la voix d'un ton. Je parcourus toute la maison, qui était très grande, en parlant comme quelqu'un qui entretien une conversation normale. Je parlais de la pluie et du beau temps . . . Mais je guettais sans arrêt les objets qui m'entouraient, me retournant souvent brusquement ou ouvrant toute grande une porte, tout à coup. Encore là, rien. J'eus alors l'idée d'ouvrir une fenêtre. Mais il n'y avait pas de fenêtres. Les murs étant transparents du temps où la Cité avait été florissante, les fenêtres devenaient inutiles. J'aperçus soudain au bout d'un corridor un escalier qui menait à une trappe pratiquée dans le plafond. Je grimpai les marches quatre à quatre en faisant le plus de bruit possible et en chantant à tue-tête. Je débouchai sur une terrasse empoussiérée aménagée sur le toit de ma demeure. Je pouvais voir tout le quartier rouge traversé de raies brillantes qui dessinaient dans l'air des spectres lumineux inconnus. Tout était silencieux. La Cité semblait dormir.

Je m'installai sur un coin de la terrasse, juste au-dessus de la rue et me mis à hurler de toutes mes forces. Une chose étonnante se produisit. Je vis ma voix s'échapper de mes lèvres en longues vagues mouvantes et se propager dans l'air, amplifiée, embellie aussi, je ne sais comment, et déchirante ! Aussitôt, la Cité bougea, parut se retourner comme un animal qu'on réveille. Elle sembla relever la tête comme un chat, les oreilles pointées. Je lançai un second cri que je vis sortir de ma bouche comme un pur rayon d'or. Je sentis cette fois que toute la Cité était aux écoutes, les yeux ouverts, prête à bondir. Je criai encore. Un son plus pur, plus cristallin que celui que faisait ma voix et d'une beauté incomparable parvint alors jusqu'à moi, traversant les quartiers de la Cité, chevauchant les raies lumineuses, dessinant dans l'atmosphère rouge des arabesques délirantes, un chant parfait, comme jamais un humain n'en avait entendu. Mon cœur se mit à battre très fort dans ma poitrine. Un étrange bonheur s'empara de moi, un bonheur inconnu, total, frisant la folie, qui me secouait des pieds à la tête en se jetant sur moi comme une bête . . .

Je me mis à courir. Je courais depuis longtemps. Depuis très longtemps. Ils étaient tous derrière moi et me criaient des injures. Parfois quelqu'un réussissait à m'atteindre et me tirait par les vêtements ou me chuchotait des choses horribles à l'oreille. Je courais. Ghô était juste derrière moi et criait comme un fou, me lançant des ordres, me menaçant de me tuer, pleurant de colère. Je courais. Le chant si beau, si parfait, me guidait à travers les dédales de rues sombres, de maisons en ruines, de places vides. Je courais. Ghô se jeta soudain sur moi, entoura mon cou de ses bras velus, enroula ses jambes autour de mes reins. Je courais. Le nain me mordit l'oreille. Je hurlai de douleur mais je ne m'arrêtai pas. J'en étais incapable. Ghô me cria dans les oreilles, essayant de couvrir le chant si pur, si brillant qui me remplissait de plaisir mais la voix s'éleva d'un ton et le nain desserra son étreinte, tout à coup, et tomba sur le sol.

Je la voyais parfois, au coin d'une rue, au fond d'une place vide, fine silhouette nue et transparente glissant dans l'air comme une flèche, nerveuse, les jambes longues, la chevelure flottant au vent. Lorsqu'elle disparaissait au détour d'une ruelle, j'étais rempli de crainte et je me mettais à pleurer, et lorsque je l'apercevais, soudain, la tête tournée vers moi, les bras tendus devant elle, je riais comme un dément et je répondais à son chant par des cris incohérents.

Ghô s'engouffra dans le sanctuaire. Il grimpa sur l'autel, s'agenouilla devant l'idole, leva les bras vers elle et la supplia.

Quel chant sublime ! Quelle voix enivrante ! Je fermais parfois les yeux en courant et les sons coulaient dans ma tête en couleurs fantastiques.

Le rouge de l'atmosphère s'atténuait et son image à elle devenait de plus en plus distincte. Je ne ressentais aucune fatigue. Je courais, je courais, crevant presque de bonheur !

Ghô était maintenant prosterné devant l'idole qui ne bougeait pas et le regardait, placide.

Je débouchai soudain sur une place vide. Mais quelque chose me poussa à m'approcher d'une sorte de bouche d'égout, trou noir creusé dans le sol, qu'on avait laissé ouvert. Je m'y précipitai sans réfléchir et je fus noyé dans l'obscurité la plus complète. Mais la voix continuait son chant magnifique et je me pris la tête à deux mains en pleurant de joie.

Ghô se redressa d'un bond, leva le poing vers l'idole et sortit précipitamment du sanctuaire.

Une éblouissante lumière jaillit soudain et je me prosternai sur le sol, écrasé par la beauté et la majesté de la vision qui s'offrait à moi.

Je vis entrer Ghô dans la caverne des Khjœns.

Debout au milieu d'une immense chapelle de pierre, nue, transparente, son merveilleux regard vert fixé sur moi, trônant parmi un amoncellement de statues de verre brisé, Lounia chantait.

125

Tout semblait l'écouter autour d'elle. Les statues brisées, parfois figées dans des poses suppliantes comme si on les avait tuées pendant qu'elles demandaient grâce, paraissaient renaître au chant de la déesse. Les sons les caressaient tout d'abord doucement comme des vagues d'or, puis les pénétraient et le verre, animé d'une nouvelle vie, se mettait à briller en projetant dans l'air des rayons de toutes les couleurs possibles et impossibles. Lounia, la déesse de verre, chantait et son peuple détruit renaissait presque.

Après quelques minutes pendant lesquelles je connus le bonheur le plus parfait, Lounia s'approcha très lentement, se pencha sur moi et prit ma tête dans ses mains froides. Elle s'était tue. Toute trace de vie avait disparu du peuple de verre aussitôt que Lounia s'était arrêtée de chanter. Son regard, si chaud et si bienfaisant auparavant était soudainement devenu haineux. Il me glaçait et pénétrait dans mon cerveau en une grande douleur. Lounia approcha son visage très près du mien. Je vis alors qu'un morceau de sa tête, la partie gauche de son front et une longue torsade de cheveux, avait été arrachée, laissant un trou béant dans le crâne de la déesse.

Je voulus lever le bras pour toucher ce corps glacé, mais je m'aperçus avec horreur que j'en étais incapable !

Le regard fou de Lounia me paralysait ! Voyant que je réalisais mon impuissance, Lounia se mit à rire en renversant la tête par en arrière. Un court instant son regard se détacha de moi et le charme fut rompu. Je bondis sur mes pieds et me mis à courir. Mais Lounia eut vite fait de ramener son regard sur moi. Je retombai sur le sol, paralysé.

* * *

126

Ghô avait donc raison !

Lounia m'avait ordonné de me lever. Je m'étais levé. Je m'étais mis à marcher comme un automate. J'avais marché longtemps dans un corridor souterrain et finalement j'avais gravi une échelle et débouché dans une rue où l'atmosphère, au contraire de celle du quartier du nain, était pâle, d'un blanc laiteux. Lounia m'avait alors pris par les épaules en continuant toujours de me regarder et m'avait parlé. Je devais retourner chez Ghô, le tuer et ramener par quelque façon que ce soit les Khjœns chez elle. Sinon, elle me tuerait ! Oui, Ghô avait donc raison !

Partout autour de nous gisaient des statues brisées.

Lounia était la dernière survivante des dieux de verre et voulait vivre éternellement. Je l'écoutais raconter son histoire, si différente de celle de Ghô, et j'étais désespéré, encore une fois.

Lounia, elle aussi, avait une haine à assouvir : Ghô, l'affreux nain, autrefois si beau et si puissant, avait été la cause de la destruction du peuple de Lounia parce qu'il avait laissé des humains pénétrer dans la Cité et elle voulait sa mort. Et s'emparer des Khjœns. Lorsque les Khjœns seraient en son pouvoir, peut-être son peuple revivrait-il, peut-être son quartier redeviendrait-il comme jadis le Temple des Arts, lieu de félicité où les dieux aimaient venir se reposer ? Elle pourrait peut-être se remettre à chanter devant tous les dieux réunis dans la Chapelle, en créant avec sa voix des Arts nouveaux pendant que son peuple danserait de joie sur les remparts de la Cité . . . Oui, il fallait que je m'empare des Khjœns et que je les lui ramène ! Son regard fou scrutait mon visage, creusant dans ma tête une douleur intolérable.

Mais je ne voulais pas retourner dans le premier quartier de la Cité ! Et même si j'avais voulu y retourner, comment faire pour tuer Ghô ? Comment faire pour m'emparer des Khjœns ? Lounia lisait tout cela dans ma tête mais elle semblait ne rien comprendre. Elle répétait seulement sans arrêt qu'il fallait que je ramène les Khjœns, que les Khjœns lui rendraient son immortalité et que la Cité renaîtrait grâce à son chant. Et qu'elle me tuerait si je refusais ! Elle était folle. Parfois elle portait sa main à sa tête et chancelait. Pendant quelques secondes, son emprise se relâchait et je titubais, moi aussi. Mais Lounia ramenait vite son regard sur moi et ma douleur reprenait, plus lancinante. Je sentais ma volonté faiblir à mesure que le temps paissait et que Lounia parlait. La voix de la déesse avait sur moi un pouvoir hypnotique que je ne pouvais pas combattre. Je commençais à entrevoir la possibilité d'assassiner le nain et de ramener les Suppliantes à Lounia . . . Mais quelques éclairs de lucidité traversaient mon cerveau et je réagissais en criant « Non ! » de toutes mes forces. Nous marchions toujours parmi les débris de statues, contournant sans cesse des silhouettes brisées qui semblaient me supplier. Lounia me déclara qu'elle haïssait les humains depuis la Grande Guerre et que si elle ne me tuait pas tout de suite, c'est qu'elle avait besoin de moi. Elle avait donc l'intention de me tuer, de toute façon ! « Comme tes semblables ont détruit mon peuple à coups de marteaux, j'écraserai ton corps à coups de marteau ! » me cria-t-elle soudain. Avant que je pusse réagir elle se remit à chanter et ma douleur s'envola tout d'un coup. Le bonheur que j'avais ressenti plus tôt s'empara de moi encore une fois, je sentis ma volonté s'annihiler complètement et je m'écroulai sur le sol en hurlant de joie.

* * *

C'était pendant la Grande Guerre entre l'Atlantide et la Terre de Mû, quelques années à peine après que la lune se fût emparée de l'Oeuf. Ghô venait de se retirer dans ses quartiers après avoir maudit la Cité. Lounia et son peuple s'étaient enfermés dans la Chapelle pour pleurer le départ des dieux. Le chant de la déesse de verre était devenu d'une telle tristesse que la Cité entière s'était arrêtée de vivre, se repliant sur elle-même pour mieux écouter les lamentations de Lounia et pleurer avec elle. La voix de la déesse, longue plainte aux accents déchirants, se dispersait aux quatre coins de la Cité, portant avec elle un message de mort. Les dieux se mouraient. Nul ne savait quand Ghô mettrait ses menaces à exécution : détruire les Khjœns et, par le fait même, la Cité sacrée, et tous attendaient la mort en écoutant pleurer Lounia. Anagwalep et Waptuolep se tenaient à la tête de leurs armées désormais impuissantes ; Wolftung avait fermé les portes de sa tour après avoir enlevé sa Robe Bleue ; Ismonde et M'ghara avaient éteint les lampes et s'étaient installés sur le trône. Les dieux étaient devenus impuissants parce que Ismonde avait détruit la Beauté de son fils.

Lorsque la chose se produisit, la lune était à son plein. Elle trônait comme un démon d'argent dans le ciel de verre et ses rayons qui avaient rendu Ghô fou continuaient leur œuvre dévastatrice, violant la Cité sacrée, déposant partout une ombre de folie. Déjà quelques dieux s'étaient échappés de l'Oeuf, se prenant pour les sauveteurs de l'humanité terrestre, et avaient commencé à diviser les continents en fondant des religions nouvelles, différentes entre elles et contraires à la religion de la Planète Verte, seule vraie Religion, seul berceau de la Création. L'Atlantide, rejetant Atlanta, s'était mise à adorer Worthak et la Terre de Mû, oubliant Atnalta, dieu jumeau d'Atlanta,   s'était prosternée aux pieds de Baal.   Une guerre mortelle entre les deux grandes civilisations en avait résulté.   Et les deux grandes civilisations terrestres d'où étaient sortis tant de Grands Initiés, et appelées à devenir une des Puissances de l'Univers, se mouraient dans le sang de leurs cadavres.   Parce que la Planète Verte, la planète de l'Amour, avait tardé à entrer dans le système solaire.   Parce que la lune, la planète de la Folie, s'était emparée de l'Oeuf.

Le peuple de verre était prosterné devant Lounia qui chantait en pleurant.   La lune, là-haut, semblait jouir de ce spectacle attristant, redoublant de clarté et de puissance maléfique.   La nuit était calme.   On entendait à peine hurler les Khjœns que Ghô avait déjà enfermées.

Tout à coup, trois grands coups furent frappés aux Portes de la Cité.

Le peuple de verre se redressa.   Mais rien d'autre ne se produisit.   Aucun autre coup ne fut frappé.   On entendit seulement rire Ghô, au loin.   Le peuple se prosterna de nouveau.

Mais au bout de quelques instants à peine, un vacarme épouvantable s'éleva à l'extérieur de la Chapelle.   Des cris retentirent et des bruits de pas claquèrent dans le corridor de pierre.   Les deux portes de la Chapelle furent soudain enfoncées et une armée d'humains à cheval, brandissant l'étendard des Sept Piliers de la Terre de Mû, s'engouffra dans l'immense pièce. Tous les soldats qui portaient d'énormes marteaux de métal se jetèrent immédiatement sur le peuple de verre et commencèrent à tout détruire, balançant leurs armes au-dessus de leurs têtes, frappant au hasard dans la foule, écrasant sous les sabots de leurs chevaux les corps de ceux qui tombaient. La foule hurlait de terreur, se dispersait dans tous les sens. Les humains poursuivaient ceux qui réussissaient à s'échapper de la Chapelle et s'amusaient à leur faire sauter la tête en faisant tournoyer leurs marteaux de métal. Un atroce bruit de verre brisé s'élevait dans la Chapelle, couvrant presque les cris de la foule. Lounia était montée sur un autel et regardait ce spectacle terrifiant avec des yeux hébétés, fous de peur.

Le chef de l'armée, apercevant soudain la déesse, monta auprès d'elle en éclatant de rire et brandit son arme. Un morceau de la tête de la déesse vola dans l'air. Lounia s'effondra sur le sol. Le chef sauta aussitôt à bas de l'autel et rejoignit ses compagnons qui continuaient leur carnage. Au bout de quelques minutes à peine, il ne restait plus du peuple de verre qu'un amoncellement de débris et une déesse rendue folle par la perte d'un morceau de son crâne.

Aussitôt qu'ils sortirent de la Cité, une nuée de Warugoth-Shalas s'abattirent sur les humains et les tuèrent.

Ainsi avait commencé l'Oeuvre de Ghô.

* * *

Lorsque je revins à moi, j'étais de nouveau dans la Chapelle. Seul au milieu des vestiges du peuple de Lounia. Un grand trou dans la mémoire. Je ne savais pas combien de temps j'avais été inconscient ni ce que j'avais fait, si j'avais fait quelque chose . . . Une grande fatigue pesait cependant sur moi, comme si j'avais couru pendant des heures . . . Dieu ! étais-je allé chez Ghô et . . .

Un bruit me fit tourner la tête, brusquement. Lounia s'avançait calmement vers moi, descendant d'une galerie qui faisait le tour de la Chapelle. Elle tirait derrière elle une lourde masse de métal, probablement une arme perdue par un humain lors de la destruction du peuple de verre.

Elle vint se planter juste devant moi. Son regard s'empara du mien. Elle leva lentement la masse au-dessus de sa tête.

INTERCALAIRE

A cette époque-là, quelques milliers d'années avant notre ère, la Planète Verte devait entrer dans le champ de notre système solaire après un voyage de sept milliards d'années à travers les différentes galaxies.

Les Grands Initiés issus des enseignements de l'Oeuf sacré se préparaient à cet unique événement en multipliant les cérémonies religieuses et en prodiguant aux gens de la terre leurs bienfaits et leurs miracles. Ils étaient les « anges » descendus du ciel dans des chars éblouissants qui crachaient le feu, les « dieux » tout-puissants à la peau blanche qui ne dormaient jamais et portaient toujours avec eux chance et bonheur. La planète entière les adorait et de cette adoration étaient nées deux grandes civilisations jumelles : l'Atlantide, continent merveilleux où jamais la mandragore n'avait poussé parce que jamais personne n'avait été pendu, et la Terre de Mû, vaste plaine étrange et farouche domptée par des hommes doux et bons pour qui la réflexion était source de puissance.

Mais un grand malheur arriva qui détraqua l'horloge du Temps et bouleversa l'histoire de l'Univers. Un système solaire plus fort que le nôtre attira la Planète Verte dans son orbite, retardant ainsi son arrivée de plusieurs années et neutralisant complètement son influence sur la terre.

Aussitôt, la lune, la planète auréolée de folie, s'empara des pouvoirs de l'Oeuf et du cerveau de certains des dieux de la Cité. Ghô, le dieu de la Beauté, fut le premier à se révolter. Il insulta la mère des dieux pendant les cérémonies et exigea de prendre sa place. Il la frappa même en public à plusieurs reprises. Ismonde, pour le punir, le renia et le transforma en nain hideux, condamnant sans le savoir la Cité à mourir. Aussitôt, Ghô maudit la Cité sacrée et déclara qu'il détruirait l'Oeuf en tuant les Khjœns. Quelques autres dieux schizophrènes s'échappèrent et répandirent sur la terre l'orgueil, la haine, le désespoir.

Jamais la terre n'avait connu de si puissantes marées ! La lune faisait se déchaîner la mer qui détruisait toutes les côtes sous des raz-de-marée aussi longs que les continents eux-mêmes. Des tremblements de terre durant plusieurs jours secouaient la vieille planète, bouleversant terres et océans.

La Guerre fit bientôt son apparition. Des milliers d'années de paix et de bonheur furent détruites sous son joug mortel. Et les deux grandes civilisations de la terre s'entretuèrent pour une question d'idoles.

Lorsque la Guerre fut terminée, le Déluge recouvrit tout. D'autres civilisations, d'autres religions naquirent des vestiges de l'Altanlide et de la Terre de Mû, mais c'étaient des civilisations et des religions de la Lune, fondées par des demi-dieux fous.

Lorsque la Planète Verte entra dans le système solaire, il était trop tard. L'Oeuf appartenait tout entier à la Lune.

Et Vénus ne resta plus qu'un symbole gravé sur des temples de pierre. Des temples morts.

TROISIEME QUARTIER

ANAGHWALEP-WAPTUOLEP

Il n'existait qu'un moyen pour apaiser cette haine qui me rongeait : tuer. J'ignorais comment je m'y prendrais pour assassiner le nain mais je savais que je réussirais. Oui, je savais que je réussirais parce que Lounia m'en avait donné la force !

J'étais revenu dans ma maison au cœur du quartier de Ghô. Je m'étais éveillé dans une sorte de lit à baldaquin, rond, très confortable, et je tenais à la main une fleur de verre. De cette fleur émanait un parfum délicieux qui ne m'était pas inconnu et qui semblait décupler mes forces . . . Oui, je me mettrais à la poursuite de Ghô, je le trouverais où qu'il fût et je l'égorgerais de mes propres mains ! Ou je lui fendrais la tête d'un coup de pierre ! Ou bien je lui planterais un poignard jusqu'à la garde dans le cœur ! Oh ! Lounia, que n'aurais-je pu faire à ce moment-là pour entendre à nouveau ta voix ? Mon esprit était totalement soumis au tien et avait soif de ton chant ! Quelle félicité je connaîtrais lorsque, après avoir tué Ghô et ramené les Khjœns dans ton quartier, tu m'ouvrirais les bras et chanterais pour moi pour l'éternité ! Ah !, mais cette haine qui m'emplissait le cœur de rage et que j'étais certain d'avoir déjà ressentie était intolérable ! Il fallait agir tout de suite !

139

Je sortis de la maison, me plantai au milieu de la rue et criai le plus fort que je pus : « Ghô ! Ghô, je suis de retour ! ». Aussitôt, j'entendis un cri de triomphe et je vis le nain hideux déboucher à l'autre bout de la rue en boitillant. Au même moment un bruit d'ailes s'éleva au-dessus de moi. Je levai la tête. Une douzaine d'oiseaux-hyènes tournoyaient dans le ciel rouge strié de rayons lumineux. Ghô me cria : « Rentre dans ta maison ! Cache-toi ! » Il courait vers moi en gesticulant. « Cache-toi ! Cache-toi ! » répéta-t-il. Mais avant que j'aie eu le temps de réagir les oiseaux plongèrent vers moi en lançant leurs cris d'hyènes folles. « Jette-toi à plat-ventre, hurla Ghô, sinon ils vont te tuer ! » J'eus juste le temps de m'accroupir sur le sol. Deux oiseaux-hyènes passèrent à quelques pouces au-dessus de ma tête et le vent que faisaient leurs ailes souleva la poussière tout autour de moi. Je sentis soudain une main sur mon poignet. « Vite, cria le nain, lève-toi et cours vers ta maison ! » Je me levai d'un bond mais au lieu de courir vers ma maison je me jetai à la gorge du nain. Nous roulâmes tous deux dans la poussière pendant que les oiseaux-hyènes se posaient autour de nous, formant un cercle. Je hurlais de rage et j'essayais de faire pénétrer la tige de verre de ma fleur dans la gorge du nain. Mais Ghô était beaucoup plus fort que moi. Il se dégagea d'un geste brusque et me frappa à la figure. « Tu es revenu pour me tuer, n'est-ce pas ? criat-il. C'est elle qui t'envoie ? Avec sa ridicule petite fleur ! » Il partit d'un grand éclat de rire qui fit sursauter les oiseaux de pierre. « Ne sais-tu pas que cette fleur ne peut rien contre moi ? Et ne sais-tu pas que, même si tu réussissais à me tuer, Lounia ne chanterait plus pour toi ? Lounia ne

140

chantera jamais plus pour toi, étranger ! » Au même moment, alors qu'un désespoir sans borne s'emparait de moi, la
voix de Lounia s'éleva, claire, limpide, merveilleuse, comme
un démenti formel, définitif aux déclarations du nain. Celui-ci
se boucha les oreilles et s'écroula sur le sol. Les oiseaux-
hyènes prirent leur envol en hurlant de peur. Je m'approchai
rapidement du nain en tenant ma fleur comme un poignard et
je levai le bras. Une douleur me déchira l'épaule. Huit
puissantes serres de pierre venaient de me saisir avant que
j'aie eu le temps de tuer Ghô et je m'élevai dans le ciel de
verre en me débattant.

*   *   *

L'oiseau-hyène eut vite fait de rejoindre les autres gargouilles de pierre et se plaça à leur tête. Nous survolâmes à
toute vitesse le quartier de Ghô et celui de Lounia. J'aperçus
cette dernière, l'espace d'une seconde, qui chantait sur le
toit d'une maison. Lorsqu'elle nous vit passer elle porta la
main à son cœur et se tut. Je tenais toujours la fleur de
verre à la main. J'avais peur de mourir de désespoir si je
venais à l'échapper.

Le quartier qui se déroulait maintenant sous moi était
tout entier baigné d'une lumière tirant sur l'orangé, très criar-
de, rappelant un peu la teinte d'un coucher de soleil. Lorsque nous fûmes arrivés en plein centre du quartier, les oiseaux
de pierre commencèrent à descendre en planant.

L'oiseau-hyène desserra son étreinte à quelques pieds du
sol et j'atterris dans une vaste esplanade remplie de gargouilles de pierre immobiles. Je me relevai péniblement. La

place était en pente et je me trouvais tout en bas de la côte, dans un endroit poussiéreux sentant la sueur et la crasse.

Je commençai à gravir un sentier pavé percé au milieu de la place. Je m'aperçus tout à coup que les chimères qui m'entouraient étaient beaucoup plus petites que moi. C'était des oiseaux-hyènes tout à fait semblables à ceux que j'avais vus jusque-là mais mesurant au plus deux pieds de haut. Et je vis avec stupeur que leur taille grandissait à mesure que je montais la côte ! Ils étaient disposés de façon à ce que les plus petits soient au fond de la place et les plus gros sur la partie supérieure. Au milieu de l'esplanade, à peu près à l'endroit où les oiseaux de pierre étaient de ma grandeur, le sentier bifurquait soudain, séparant la place en trois parties égales. Toutes les gargouilles dans la partie supérieure du Y que formait le sentier étaient de la même taille et pareilles à celle qui m'avait fait passer les portes de la Cité et celle qui m'avait emmené jusque là.

Et c'est là que j'aperçus le château-fort pour la première fois. Au-delà de la foule d'oiseaux-hyènes, sur la partie la plus haute de l'esplanade, s'élevait un château biscornu tellement étrange que j'en restai bouche bée. Quatre énormes tours oranges, d'une architecture inconnue, ceinturées d'une triple rangée de murs et coiffées de nombreuses tourelles surplombaient l'esplanade. D'innombrables niches vides de toutes les grandeurs, aux montants savamment sculptés étaient creusées partout dans les murs du château. Et au sommet de la plus haute tour, à quelque trois cents pieds du sol, était aménagée une large plate-forme surmontée d'un dôme de métal brillant.

Je ne savais plus où aller : m'engager dans la branche gauche du sentier ou celle de droite . . . Je fis quelques pas et j'aperçus au milieu du chemin, juste à l'endroit qui devait être le centre de l'esplanade, le médaillon que j'avais trouvé sur le dossier du trône de Ghô et dans le palais de cristal. Je me dirigeai automatiquement vers lui et y posai les pieds. A l'instant même, des milliers de rires d'hyènes s'élevèrent autour de moi et tous les oiseaux de pierre de l'esplanade prirent leur envol dans un fracas épouvantable. Ils se dirigèrent d'emblée vers le château-fort et s'installèrent tous dans les niches, gargouilles grimaçantes se figeant dans des poses effrayantes, la gueule ouverte, les griffes sorties, le regard cruel.

Et lorsque je portai de nouveau mes yeux sur la plateforme surmontée d'un dôme, Anaghwalep et Waptuolep lancèrent leur terrible cri de guerre.

Un vent brûlant s'éleva. Un éclair déchira le ciel orangé et s'abattit sur le dôme en sifflant. Très loin au-dessus du quartier, un magnifique char de combat tiré par un oiseau-hyène à deux têtes s'avançait dans un bruit de tonnerre. Dans ce char étaient installés Waptuolep et Anaghwalep, les dieux jumeaux, les dieux du coucher du soleil, les dieux de la guerre, qui criaient de rage en fouettant l'oiseau de pierre. Le char s'approcha rapidement au milieu du hurlement des gargouilles et atterrit sous le dôme de métal. Waptuolep et Anaghwalep, les dieux tellement semblables qu'ils étaient devenus interchangeables, enlacés dans la même armure, respirant d'un même souffle, vivant d'un même cœur, dominaient le quartier entier du haut de leur trône et me regardaient, parfois avec les yeux de Waptuolep, parfois avec les yeux d'Anaghwalep.

143

Les oiseaux-hyènes se turent. Waptuolep et Anaghwalep ne me parlèrent pas. C'était inutile. Je savais ce qu'ils voulaient. Ils me regardèrent un long moment puis levèrent le bras dans la direction du quartier de Ghô. Je ne voulais pas tuer Ghô pour eux ! C'est Lounia que mon âme désirait ! C'est avec la déesse de verre que je rêvais d'être heureux pour l'éternité ! Je tendis le bras en montrant la fleur de verre et je criai : « Non ! » A l'instant même Waptuolep et Anaghwalep lancèrent de nouveau leur cri de guerre. Leur char fondit dans ma direction. Je me jetai à genoux en serrant la fleur contre ma poitrine. Les dieux de la guerre atterrirent à quelques pas de moi. Je n'osais pas lever les yeux vers eux. Je les entendis descendre du char et s'approcher. Une main gantée de fer me prit sous le menton et m'obligea à relever la tête. Comme ils étaient beaux ! Et combien triste était leur regard !

* * *

Ils avaient fait leur apparition avec la Guerre. Du fond du Grand Ailleurs ils avaient supplié la déesse-mère de ne pas les mettre au monde mais la Guerre sévissait et il lui fallait des dieux ! Waptuolep et Anaghwalep étaient nés en causant à Ismonde des douleurs indescriptibles, déchirant ses flancs, labourant ses cuisses de leurs mains gantées de fer. Aussitôt qu'ils furent nés, le cinquième quartier de la Cité qui avait toujours été désert et dont les dieux ignoraient la cause s'illumina tout entier. Les gargouilles de pierre qui criblaient les murs de son château-fort s'animèrent soudain, s'envolèrent dans le ciel orangé et vinrent accueillir leurs

maîtres. Mais ces nouveaux dieux étaient tellement semblables que lorsque vint le moment de leur donner des noms,
Ismonde décida qu'ils en porteraient chacun deux et qu'ils ne
formeraient à eux deux qu'une seule divinité. Ainsi Waptuolep était devenu Waptuolep et Anaghwalep, et Anaghwalep
était devenu Anaghwalep et Waptuolep. Les dieux prirent
place comme leur commanda Ismonde sous le dôme du
château-fort, mais ils n'acceptèrent jamais d'être les dieux
de la Guerre et une haine mortelle contre les Khjœns qui
possédaient le Temps s'empara de leur cœur. Dès le moment
où ils furent installés dans leur quartier, ils projetèrent de
s'emparer des Khjœns pour les tuer et, par le fait même, se
détruire eux-mêmes. Depuis des milliers d'années Waptuolep et Anaghwalep attendaient le moment de se suicider
parce qu'ils refusaient l'existence de la Guerre dont ils étaient
les dieux. Ce n'était pas l'Immortalité qu'ils convoitaient,
c'était la Mort !

* * *

Waptuolep prit doucement la fleur de verre de mes mains
et la brisa contre une aile de l'oiseau de pierre. Anaghwalep
prit doucement la fleur de verre de mes mains et la brisa
contre une aile de l'oiseau de pierre.

Mais au même moment trois choses se produisirent qui
firent trembler le quartier sur ses fondations et me projetèrent
dans l'espace. Tout d'abord, la voix de Lounia s'éleva comme un cri de détresse et ma tête fut déchirée par une insupportable souffrance. La fleur était brisée ! Je ne pourrais
plus tuer Ghô ! Ensuite, j'entendis le nain lui-même hurler

145

du fond de la Cité : « Il n'en reste plus que huit ! » Waptuolep et Anaghwalep s'écroulèrent aussitôt sur les dalles comme des armures vides. Enfin, tous les oiseaux-hyènes prirent leur envol dans un vacarme infernal qui fit frémir le château-fort et ils se jetèrent sur moi. Pendant de longues minutes je ne vis que des silhouettes de pierre qui battaient des ailes autour de moi et essayaient de m'écraser. Mais, encore une fois, le médaillon sacré sembla me sauver. Les oiseaux qui paraissaient animés d'une colère farouche tournaient autour de moi sans jamais pouvoir m'atteindre. Je me sentis tout à coup projeté dans le ciel orangé. Les oiseaux-hyènes me poursuivirent en emplissant le ciel du bruit de leurs ailes. Juste avant de perdre conscience je vis, comme dans un rêve, Waptuolep et Anaghwalep se redresser, lever vers le ciel des bras suppliants et remonter dans leur char de guerre.

La voix de Lounia me transporta dans des rêves délicieux.

*　　*　　*

Lorsque je revins à moi, j'étais de nouveau dans la Chapelle. Seul au milieu des vestiges du peuple de Lounia. Un grand trou dans la mémoire. Je ne savais pas combien de temps j'avais été insconscient ni ce que j'avais fait, si toutefois j'avais fait quelque chose . . . Une grande fatigue pesait cependant sur moi, comme si j'avais couru pendant des heures . . . Dieu ! Etais-je allé chez Ghô et . . .

Un bruit me fit tourner la tête, brusquement. Lounia s'avançait calmement vers moi, descendant d'une galerie qui faisait le tour de la Chapelle. Elle tirait derrière elle une lourde masse de métal, probablement une arme perdue par un humain lors de la destruction du peuple de verre.

Elle vint se planter bien droite juste devant moi. Son regard s'empara du mien. Elle leva lentement la masse au-dessus de sa tête.

INTERCALAIRE

Lorsque j'aurai à mon tour revêtu la Robe Bleue des Grands Initiés, l'œuf sacré de Vénus trônera à nouveau sur l'autel des Ases. Et tout recommencera.

Ils seront tous présents à mon initiation : Sanchoniathon, le Phénicien qui raconta la véritable histoire des Juifs et qui fut assassiné par les ennemis de la Vérité ; Moïse, l'Hébreux qui disparut pendant de longs mois pour assimiler sur le Mont Sinaï les enseignements des Envoyés de la Cité ; Melchisedec, qui vit encore aujourd'hui et règne sur la Secte Terrestre du Haut-Savoir ; Phérécyde et son élève Pythagore ; Akénathon et sa femme Nefertiti ; Sigurd, Bouddha, le grand philosophe moraliste, Prométhée, Quetzalcoalt, Viracocha, Mannus, Zoroastre, Apollon, Hermès, Leucippe, Appolonius de Thyane, Oannès, Kukulkan . . . Oui, tous les Grands Initiés de l'Histoire seront là pour m'inculquer les antiques secrets du Mexique, de la Perse, des Indes, de l'Egypte, de la Phénicie, du Tibet, de l'Ethiopie, du Pérou et de la Bolivie. Je posséderai la clef du Codex de Dresde, du Codex Perez, du manuscrit de Troano, des plaques du désert de Gobi, et du manuscrit de Touen Houang ! Je saurai tout sur l'Histoire de l'Univers parce que je serai le sauveteur de la Cité ! Oui, je vais sauver la Cité ! Grâce à moi, l'Oeuf sacré redeviendra la propriété de la Planète de l'Amour. L'Histoire recommencera là où la lune s'en est emparée et la Paix règnera pour l'éternité !

Je veux devenir un Grand Initié !

Je monterai moi aussi sur l'autel des Ases et je règnerai à la droite de Wolftung !

QUATRIEME QUARTIER

WOLFTUNG

La Chapelle trembla comme si un ouragan avait secoué la Cité. Des pierres se détachèrent du plafond et s'écrasèrent à quelques pas de nous. Lounia perdit l'équilibre et le marteau de métal s'échappa de ses mains. Un immense rire fou s'éleva au loin. Et j'entendis Ghô qui criait : « Il n'en reste plus que six ! »

Je profitai de ce que Lounia ne me regardait pas pour bondir sur mes pieds, traverser la Chapelle en courant et me précipiter au dehors. Chose étrange, la déesse ne chanta pas pour me retenir. La mort de deux autres Khjœns l'avait peut-être trop affaiblie.

Je débouchai bientôt hors du corridor de pierre et m'engageai sur la route en pressant le pas. J'atteignis les limites du quartier de Lounia sans que rien ne se produise. La route s'élargit soudain et l'atmosphère se teinta d'orangé . . . Aussitôt, la mémoire me revint. Je me souvins être retourné chez Ghô, puis avoir été enlevé par les oiseaux-hyènes.

Je me souvins aussi du château-fort et des dieux de la guerre. Je m'arrêtai soudain au milieu de la chaussée. J'étais revenu chez Waptuolep et Anaghwalep ! Ils ne fallait pas qu'ils le sachent ! Je me remis en marche en faisant le moins de bruit possible et en regardant attentivement autour de moi.

Au bout de quelques minutes je me retrouvai dans l'esplanade. Tout était silencieux. Les oiseaux de pierre avaient repris leur place de chaque côté du sentier pavé. La plateforme sur la plus haute tour du château-fort était vide. Je traversai la première moitié de la place en tremblant. Si les oiseaux-hyènes s'envolaient, tout à coup ! Et si j'entendais le terrible cri de guerre des dieux jumeaux ! Arrivé au centre de l'esplanade, j'aperçus le médaillon gravé sur le sol. Je me rappelai que lors de ma première visite j'avais éveillé le quartier entier en posant les pieds sur ce dessin sacré . . . Je le contournai donc et m'engageai dans la branche droite du chemin.

Je remarquai cependant au bout de quelques instants que les gargouilles de pierre me regardaient. Une lueur était allumée au fond du trou noir de leurs yeux. Les oiseaux-hyènes savaient que j'étais là mais ils ne pourraient pas bouger tant que quelqu'un ne mettrait pas les pieds sur le médaillon de la Planète Verte. Je me retournai brusquement. Non, il n'y avait personne. Aucun être de la Cité ne se préparait à réveiller le quartier de Waptuolep et d'Anaghwalep. Je repartis au pas de course et lorsque j'eus traversé toute l'esplanade je retrouvai avec plaisir la route qui traversait la Cité.

Le reste du quartier qui formait les arrières parties du château-fort était dans un état de délâbrement lamentable. Ce n'était que barraques sordides à moitié démolies, petites rues défoncées, places crasseuses d'où émanaient des odeurs qui me soulevaient le cœur. La route était devenue glissante de crasse et j'avais peine à marcher.

De très hautes maisons bordaient la route, des maisons

grises et lugubres ressemblant à des prisons. En passant devant une de ces bâtisses je crus entendre un glissement furtif et une faible plainte, provenant du premier étage. Je m'arrêtai. Il y avait donc d'autres êtres que les dieux du coucher du soleil et les oiseaux-hyènes dans ce quartier ? A travers les barreaux d'une fenêtre je vis soudain apparaître deux mains calleuses. Ces mains empoignèrent les barreaux et les secouèrent. Puis un sanglot s'éleva.

Je continuai mon chemin, le cœur battant. Le quartier était-il en train de s'éveiller de nouveau ? Mais les deux mains secouèrent les barreaux encore plus fort et le sanglot se transforma en une plainte déchirante. Emu, je m'arrêtai et me retournai. Deux grands yeux suppliants brillaient derrière les barreaux de fer et me regardaient. Je m'approchai de la bâtisse. Les mains et les yeux disparurent . Qui donc était enfermé dans cette prison ? Etait-ce un allié ou un ennemi ? Je souris malgré moi. Comment pouvais-je avoir des alliés dans ce monde qui voulait ma perte ? Je tournai le dos à la bâtisse et m'éloignai.

Mais la plainte s'éleva encore une fois et les barres de fer furent secouées rageusement. Je jetai un regard vers la fenêtre. Cette fois, un visage m'apparaissait à travers les barreaux, un visage humain !

Je me précipitai dans la prison, montai au premier et ouvris brusquement le judas d'une cellule.

Dans un coin, tout recroquevillé sur lui-même et déjà pourri, gisait le cadavre d'une femme, morte de faim, probablement. Elle portait des vêtements mexicains.

* * *

Je fouillai la prison dans ses moindres recoins. Rien. Personne. Pas même de traces. Découragé, je revins à la porte de la cellule. En observant plus attentivement le corps de la Mexicaine, je vis avec horreur que ses yeux avaient été crevés et que ses mains avaient été coupées. Je refermai vivement le judas et m'appuyai contre la porte. Aussitôt, la plainte s'éleva et les barreaux de la prison furent secoués énergiquement. Effrayé, je dévalai l'escalier à toute vitesse et me précipitai au dehors. Deux yeux brillants me regardaient ! Deux mains calleuses s'accrochaient désespérément aux barreaux de la fenêtre !

Je m'éloignai en courant.

*   *   *

Pour m'introduire dans le quatrième quartier de la Cité, je dus traverser un étrange pont de pierre qui franchissait un précipice dont on ne pouvait voir le fond. De l'autre côté de ce pont l'atmosphère prenait une teinte tirant vaguement sur le bleu, très douce et très reposante. Une légère brise soufflait. Le quartier avait l'aspect d'un immense champ désert au centre duquel s'élevait une tour de plusieurs centaines de pieds de hauteur. Une herbe bleuâtre, longue, fine et pâle, poussait un peu partout en grandes touffes, parsemant ce champ de taches claires.

Lorsque je quittai la route, qui ne semblait pas se diriger vers la tour, pour m'engager dans cet espace désert, je m'aperçus que la terre était grasse et molle sous mes pieds. Je me penchai et pris une motte dans ma main. Cela était tiède, humide et désagréable au toucher. Je m'approchai d'une touffe d'herbe et essayai d'en cueillir quelques brindilles. Mais l'herbe, gluante et visqueuse, glissa dans mes mains comme une algue marine. Un frisson me parcourut. J'essuyai mes mains sur mon pantalon et me mis en marche vers la tour.

La terre collait à mes semelles et j'avais beaucoup de difficulté à marcher. Les herbes ondulaient lorsque je m'approchais d'elles. Quelques-unes s'enroulèrent même autour de mes jambes et je dus tirer très fort pour me libérer de leur étreinte. En m'approchant de la tour, je vis avec stupeur qu'elle n'était pas creuse ! C'était une énorme masse de granit aussi grosse qu'un gratte-ciel posée au milieu du champ comme une stèle. Un escalier en pas-de-vis courait autour du monolithe et grimpait jusqu'au sommet. Tout cela ressemblait étrangement aux dessins que j'avais vus, représentant la tour de Babel . . .

Je contournai la tour pour essayer de trouver les premières marches et j'aperçus soudain une pyramide à cinq étages attenant à la masse de granit et servant de base à l'escalier. Elle était semblable aux pyramides mexicaines, avec un escalier central et plusieurs escaliers latéraux menant tous à un sanctuaire érigé au sommet.

Au pied du degré central, un homme très grand et d'une beauté indescriptible, revêtu d'une magnifique robe bleue et coiffé d'un bizarre casque à plumes m'attendait.

*   *   *

Wolftung m'avait ouvert les bras. Je m'y étais précipité sans trop comprendre pourquoi. « Enfin ! Enfin, tu es là !

J'ai eu tellement peur que tu ne parviennes pas jusqu'ici ! »,
avait murmuré Wolftung et sa voix chaude avait pénétré dans
ma tête comme un baume à toutes les souffrances que j'avais
connues jusque là. Une grande paix m'avait envahi. J'étais
resté très longtemps dans les bras de Wolftung, la tête appuyée
sur son épaule, les yeux clos. Toute ma fatigue avait disparu.

Au bout de quelques minutes, Wolftung m'avait pris
par les épaules et m'avait dit : « Je t'attendais depuis ton
enfance, François Laplante ! Et j'ai cru te perdre lorsque
tu as pénétré dans la Cité par le quartier de Ghô. J'ai eu
très peur. Toutes ces années perdues ! Tu es notre dernière
chance, François Laplante, et si tu avais accepté d'aider Ghô
tu aurais non seulement perdu la Cité mais ton Monde, aussi. »
Il m'avait ensuite montré la tour de granit. « Viens avec
moi, j'ai beaucoup de choses à te dire. »

Nous avions escaladé lentement l'escalier central de
la pyramide. Arrivé au sommet, Wolftung s'était prosterné
sur le sol en me faisant signe de l'imiter. Il avait récité
une courte prière dans une langue inconnue, gutturale, et
nous nous étions relevés. Nous avions pénétré dans le sanctuaire. « Ici est la Porte du Grand-Ailleurs, m'avait déclaré
Wolftung d'un ton grave. C'est par ici que tu feras ton
entrée dans la Deuxième Confrérie de Gauche et c'est moi
qui te coifferai de la tiare d'Onyx. » Il m'avait ensuite regar-
dé droit dans les yeux. Ses yeux avaient plongé en moi,
m'avaient scruté jusqu'au fond de l'âme. « Si tu le veux »,
avait-il enfin ajouté.

Nous étions sortis du sanctuaire et nous avions commencé à gravir les degrés de l'escalier en pas-de-vis qui menait au sommet de la tour sacrée. Les cinq mille marches à

160

gravir ne m'imposèrent aucune fatigue. Au contraire. Plus
je montais et plus je me sentais léger, et plus mon cœur
s'emplissait d'allégresse, aussi. A mesure que nous nous
élevions, la Cité se déroulait comme un tapis au-dessous de
nous. Mais je remarquai bientôt que son aspect avait changé.
Chaque fois que je posais le pied sur une marche, la Cité
s'éclairait un peu plus. Comment dire . . . La Cité s'éveil-
lait, rajeunissait à mesure que nous approchions du sommet
de la tour. Je pouvais voir tous les quartiers sans toutefois en
distinguer les détails parce qu'ils étaient trop éloignés : celui
de Ghô avait perdu sa teinte rouge et resplendissait comme un
jardin de cristal ; celui de Lounia ressemblait à une draperie
de satin blanc étendue sur le sol ; et le château-fort des dieux
de la guerre, que je voyais petit comme un jouet, devenait
de plus en plus orangé, tache vive comme une plaie magnifique sous le ciel vert. Seul, au centre de la Cité, le cinquième
quartier restait noir.

Vers le milieu de l'escalier, je commençai à voir bouger des gens partout dans la Cité, des centaines, des milliers
d'être qui remplissaient rues et places et dont le murmure
parvenait jusqu'à moi. Mais j'étais déjà trop haut pour pouvoir les distinguer parfaitement. Ils restaient au fond de la
vallée comme un peuple perdu dont je ne saurais jamais rien.
Puis je vis le quartier de Wolftung envahi par les eaux. Une
mer bleue et calme recouvrait l'affreuse terre molle que j'avais
foulée plus tôt et d'extraordinaires barques de toutes les for-
mes, aux voiles délirantes de couleurs, sillonnaient les eaux
en tous sens.

Lorsque nous fûmes arrivés au sommet de la tour, la
Cité éclatait de lumière comme un soleil. C'était de nouveau

la Cité que j'avais vue tant de fois dans mes rêves et que j'avais désirée pendant des années !

Wolftung avait posé son bras sur mon épaule. « Regarde, s'était-il écrié, n'est-ce pas d'une beauté incomparable ? Ceci est une vision de ce qu'était la Cité il y a des milliers d'années, avant la Grande Guerre. Regarde bien, François Laplante, ceci est une vision de ce que sera à nouveau la Cité si tu le veux ! »

Une minuscule chapelle s'élevait sur le sommet du monolithe. Cela ressemblait à la fois à une pagode miniature et à une cellule de moine. Wolftung s'en approcha respectueusement et me dit : « Ici est le terme de ton voyage. »

* * *

Je n'avais jamais vu un être aussi beau que Wolftung. La charpente générale de son corps rappelait celle d'un humain mais des détails importants, le crâne au cerveau démesurément développé, les mains immenses démunies d'ongles, qui ne se fermaient jamais comme si elles étaient toujours prêtes à donner et à recevoir, les yeux, beaucoup trop grands et beaucoup trop intelligents pour être des yeux humains, noirs comme la plume du corbeau et fendus presque jusqu'aux oreilles minuscules et très belles, la peau bleuâtre, lisse, très mince, à la douceur de fine soie, à l'éclat opalin, la voix presque féminine aux accents inattendus qui se plaquaient comme des accords musicaux, tout en lui témoignait de son origine extra-terrestre et, aussi, de sa supériorité. Une grande puissance et une beauté sans égale se dégageaient de

162

ce corps étrange et si beau où la Nature avait mêlé la suprématie des dieux aux grâces humaines.

Je suis resté longtemps enfermé dans la cellule avec Wolftung, à l'écouter parler, à l'écouter raconter le passé de la Cité et l'avenir de la Cité, qui dépendait de moi. Lorsqu'il m'eut raconté toute l'histoire de la Cité, sa grandeur, puis sa décadence, il me dit : « Tous ceux qui sont parvenus jusqu'ici, avant toi, ont refusé d'aller tuer Ghô et de ramener les Khjœns dans mon quartier parce qu'ils ne voulaient pas devenir des Grands Initiés. Ils ne voulaient pas que l'Histoire du Monde recommence là où la folie s'est emparée de la Terre. Leurs ambitions étaient autres : ils voulaient s'enrichir grâce aux secrets et aux pouvoirs de l'Oeuf. Et Ismonde a dû les tuer, tous, avant qu'ils n'atteignent le quartier de Ghô et ne s'allient à lui pour détruire la Cité. Mais toi qui es notre dernière chance, toi qui as commencé ton voyage à l'envers causant ainsi la mort de plusieurs Suppliantes, toi qui as été témoin de la cruauté de Ghô, de la folie de Lounia et du désespoir de Waptuolep et d'Anaghwalep, toi dont l'esprit n'est dérangé par aucune folle ambition, tu accepteras, je le sais ! La Cité entière te supplie d'avoir pitié d'elle ! Sauve les dieux d'une fin humiliante ! Eu tuant Ghô, tu le sauveras ! Lorsque l'Oeuf trônera à nouveau sur l'autel des Ases, Ghô redeviendra le dieu de la Beauté ! Lounia pourra de nouveau chanter ! Et les dieux de la guerre retourneront aux tréfonds du Grand Ailleurs ! Et tout recommencera. Un nœud se fera dans le Temps qui ramènera ta planète à une époque où elle possédait ce trésor que tes contemporains ignorent : la sérénité. L'Atlantide et la Terre de Mû renaîtront comme des soleils de sagesse. Tu peux redonner à ta

163

planète le bonheur qu'elle a perdu depuis des millénaires, François Laplante ! » Wolftung se tenait debout devant moi et sa robe brodée de fils métalliques, bleue et brillante, faisait miroiter dans mes yeux des étincelles de lumière qui m'hypnotisaient. « Tu es le premier humain à avoir atteint le quartier de Ghô et, en t'échappant des griffes du nain, tu l'as rendu fou de rage. Il a déjà tué six Khjœns. Il faut te hâter avant qu'il ne soit trop tard ! Chaque fois qu'une Suppliante meurt, les dieux faiblissent et je ne sais pas quand mon propre pouvoir cessera . . . Accepte avant que la Cité, le berceau de toutes les civilisations terrestres, ne soit réduite en cendres ! » (Oui, j'irais tuer Ghô ! Oui, la Terre connaîtrait de nouveau le bonheur, grâce à moi ! Je savais maintenant pourquoi j'étais venu dans l'Oeuf : j'étais le Sauveur du Monde ! Mais ces étincelles . . . ces étincelles de lumière me faisaient mal à la tête et je ne savais plus me contrôler . . . mon cerveau ne m'appartenait plus !) « Toutes les vieilles peuplades de la Terre connaissent l'existence de l'Oeuf, mais depuis la Grande Guerre ce dernier est devenu un objet d'horreur et de dégoût. Les peuplades de la Terre se sont imaginées avec le temps que tous leurs malheurs provenaient de l'Oeuf et que les dieux de la Cité voulaient les exterminer. Les peuples ne veulent pas que les dieux reviennent parce qu'ils en ont peur ! Des centaines de fois ils ont tenté de détruire l'Oeuf sans y parvenir. Et chaque fois qu'il reparaissait après avoir disparu pendant des centaines d'années au fond de l'eau où on l'avait jeté ou dans une pyramide où on l'avait caché, les humains qui réussissaient à s'y introduire croyaient y trouver la source de la richesse et de la puissance . . . Peu leur importait que la Cité vînt

à disparaître, ils voulaient devenir les Maîtres du Monde !
Mais toi, je sais que tu es venu ici en Sauveur. Tu traver-
seras les portes du Grand Ailleurs, François Laplante, et tu
voyageras pour l'éternité de monde en monde toujours en
quête de nouvelles connaissances, de nouveau savoir. Je ne
t'offre pas les richesses terrestres, je t'offre de devenir un des
Piliers de la Secte du Haut Savoir ! Si tu sauves la Cité !
Il ne te reste que peu de temps ! Sauve la Cité de la destruction, François Laplante ! Sauve ta planète de la destruction ! »

Ces étincelles me rendaient fou ! Quel était ce besoin de
tuer qui s'emparait tout à coup de moi ? Oui, je voulais tuer
le nain et devenir un Grand Initié ! Je voulais rebâtir la
Cité, régner au-dessus de mes semblables à la droite de
Wolftung ! Mais quelque chose au fond de moi, une parcelle
de l'humain que j'étais et qui n'était pas encore soumise au
pouvoir de la Robe Bleue s'y refusait et criait non ! Wolftung ne me promettait-il pas tout cela dans l'unique but de
s'emparer des Khjœns ? Les Warugoth-Shalas n'allaient-ils
pas se jeter sur moi et m'écraser aussitôt que j'aurais accom-
pli ma mission ?

Wolftung fit un geste de la main et toute ma résistance
s'envola.

Au moment même où j'allais me jeter dans les bras de
Wolftung en criant « Oui ! » de toutes mes forces, la porte
de la cellule vola en éclats, un vent inimaginable s'engouffra
dans la pièce et nous jeta sur le sol. Malheur ! J'entendis
la voix de Ghô : « Il n'en reste plus que quatre ! » Wolftung se débattait sur le sol comme un serpent qui se meurt.
« Hâte-toi, gémissait-il, hâte-toi ! » Il se transforma peu à
peu en un monstre hideux, mi-reptile, mi-oiseau qui se tor-

165

dait en jetant des sons inarticulés. Une formidable explosion
se produisit à l'extérieur de la cellule. Le monolithe trembla.
Le monstre se redressa dans un effort désespéré et sortit en
hurlant. Je le suivis en courant.

L'océan était déchaîné ! Des vagues d'une hauteur ver-
tigineuse venaient se briser contre la tour de granit et leurs
crêtes hérissées s'abattaient sur le sommet dans un bruit
effrayant. J'ai vu la Cité entière s'écrouler comme un château
de cartes ! J'ai vu Wolftung se jeter à bas de la tour et
disparaître dans les flots déments ! Et j'ai vu, oui, j'ai vu
le cinquième quartier de la Cité s'illuminer tout à coup et
M'ghara, le dieu aux six bras, le père de tous les dieux, le
dieu tout-puissant lui-même me faire des signaux désespérés
avec ses lampes !

INTERCALAIRE

Charles Halsig était penché au-dessus du corps sanglant de la femme. « Me diras-tu enfin, chienne, où tu l'as caché ? » persifla-t-il en la giflant de nouveau. Elle lui cracha au visage. Il la saisit par les épaules et la secoua. « Cela ne sert à rien de t'entêter, tu sais très bien que tu finiras par tout m'avouer Tu souffres pour rien !

— Je ne souffre pas pour rien, murmura la Mexicaine. Je retournerai dans l'Oeuf sacré de M'ghara quand la Lune sera à son plein et je rapporterai les secrets de la puissance des dieux ! Que m'importe la perte d'une main ! Des milliers d'autres mains la remplaceront pour me servir ! »

Elle pleurait et riait tout à la fois. Parfois son corps était traversé de frissons et elle toussait en crachant le sang. « Les dieux viendront me chercher, disait-elle. Ils ont juré de venir me chercher et je règnerai parmi eux ! Tu ne sauras jamais où j'ai caché l'Oeuf, étranger ! Jamais ! Je l'ai trouvé dans une pyramide de Cuernavaca où il était à l'abri depuis la conquête espagnole. Il est à moi et je le garde ! Et tout ce qu'il contient m'appartient pour l'éternité ! »

Charles Halsig ramassa la hachette couverte de sang qu'il avait laissée tomber sur le sol un peu plus tôt, leva le

169

bras et, d'un coup sec, trancha la deuxième main de la Mexicaine.

La femme hurla. Ses yeux se convulsèrent. Son corps se tordit. « Jamais ! Jamais ! » souffla-t-elle. Alors Charles Halsig s'empara du tisonnier chauffé à blanc et l'approcha des yeux de la femme.

Juste avant de perdre connaissance, au paroxysme de la douleur, la Mexicaine avoua à Charles Halsig où elle avait caché l'Oeuf.

CINQUIEME QUARTIER

ISMONDE ET M'GHARA

Le dernier quartier de la Cité résonne dans ma tête comme une tempête de sons de gong. Je revois le palais de plomb à moitié détruit, les innombrables pièces vides que le vent faisait mugir comme un jeu d'orgue, la salle du trône fendue en deux par une fissure, plaie béante témoignant de la fin des dieux, et Ismonde, la mère de tous les dieux, debout sur l'autel des sacrifices, qui frappait comme une folle sur le gong de la Mort. Je revois la détresse dans les yeux d'Ismonde. Je revois la détresse dans l'œil unique de M'ghara. Et les larmes sur le visage de la déesse.

Je suis arrivé au château de M'ghara exténué, presque mort de fatigue et de peur. J'avais couru à travers la Cité, au milieu des palais qui s'écroulaient, des rues qui se défonçaient sous mes pieds, évitant parfois de justesse un mur ou une maison entière qui s'abattait devant moi dans le chemin, trébuchant mille fois, tombant, me relevant, pleurant de frayeur comme lorsqu'on se réveille d'un cauchemar. Le ciel au-dessus de moi était devenu noir comme de l'encre. Je n'y voyais presque rien et n'eût été des lampes de M'ghara et des sons de gong, je crois que je n'aurais jamais atteint le palais de plomb.

J'ai traversé des couloirs sans fins, des salles désertes, des terrasses démolies où gisaient des cadavres de gardes en armure, j'ai gravi des escaliers tortueux et sombres et j'ai passé dans des galeries envahies par l'eau avant de trouver la salle du trône, immense pièce de plomb, nue et chaude où l'agonie des dieux avait déjà commencé.

M'ghara était debout derrière le trône, ses six bras disposés autour de lui en queue de paon, et priait à voix haute. Mais à qui donc s'adressaient ces prières ? Qui un dieu tout-puissant peut-il ainsi appeler à son aide ? Existe-t-il un dieu plus grand que M'ghara, un dieu omnipotent, maître de l'Univers entier et gardien du Destin de toute la Création ? J'ai vu le plus puissant des dieux de la Cité, désespéré, appeler à son secours un être inconnu qui ne répondait pas !

Ismonde était montée sur l'autel des sacrifices et elle frappait de toutes ses forces sur un gong avec un marteau de métal qu'elle tenait dans ses pinces d'or.

Dès qu'ils me virent entrer, Ismonde et M'ghara traversèrent en courant la salle du trône et se jetèrent sur moi comme des oiseaux de proie. Les yeux d'Ismonde, énormes, globuleux, étaient sortis de leurs orbites et lançaient des éclairs. Elle me prit à la gorge avec ses deux pinces d'or pendant que M'ghara me criait : « Il faut que tu ailles tuer Ghô ! Immédiatement ! Il ne reste plus que quelques minutes ! Et ramène les Suppliantes ici ! Pas ailleurs ! Ramène-les ici ! » Les sons de gong continuaient à résonner dans le palais, répétés à l'infini par l'écho, amplifiés par les salles immenses et vides. Un mur complet de la salle du trône s'écroula tout à coup dans un vacarme infernal. Ismonde lâcha prise et se mit à hurler en courant en tous sens.

174

M'ghara commença à divaguer, répétant sans cesse des mots sans suite en me fixant de son œil unique. Un autre pan de mur s'écrasa quelque part dans le palais. Ismonde s'arrêta soudain de crier et de courir. Elle me regarda longuement. Elle s'approcha calmement de moi, posa ses deux pinces sur mes épaules et murmura : « Voilà. Il est trop tard. C'est la fin des dieux. » Elle se dirigea en titubant vers le gong, prit le marteau et frappa sept coups. Les sons de gong étaient très différents de ceux qui résonnaient encore à mon oreille. Cela avait les accents tragiques de l'extinction d'une grande chose, cela retentissait comme l'ultime cri d'un monde désespéré qui va mourir. Les sept coups du Destin avaient été frappés par la mère des dieux elle-même.

Ismonde s'appuya sur un montant du gong et pleura. M'ghara s'approcha d'elle en continuant ses divagations. Il reprit sa place derrière la mère des dieux, ses six bras disposés autour de lui en queue de paon, son œil désespéré fixé sur moi. L'obscurité se fit lentement autour de nous. Des pans de ténèbres s'abattaient sur le palais et le noyaient. Lorsqu'il ne resta qu'une faible lueur sur les dieux déchus et fous, le palais de plomb fut traversé par un long frisson ; un vent glacé s'engouffra dans la salle du trône, renversant Ismonde et M'ghara qui s'écoulèrent en silence sur le sol de plomb.

Ghô hurlait d'une voix triomphante : « Il n'en reste plus que deux ! »

* * *

Un grand silence s'était abattu sur la Cité après le cri de Ghô. Les murs avaient cessé de s'écrouler, les sons de gong s'étaient interrompus brusquement, le vent s'était calmé. On aurait dit que la Cité entière s'était arrêtée de vivre quelques secondes pour bien prendre conscience de l'atrocité du moment. Moi-même je ne bougeais plus. J'attendais la catastrophe. Au bout d'un moment cependant, je réalisai qu'il me restait quelques minutes avant la mort des deux dernières Suppliantes et que j'avais peut-être le temps de faire quelque chose pour empêcher le nain de détruire l'Oeuf . . .

Lorsque je suis sorti du palais de plomb, des milliers d'oiseaux-hyènes parcouraient le ciel de verre en hurlant. Cela ressemblait à une sorte de signal, comme si les oiseaux de pierre avaient survolé la Cité pour prévenir ses habitants d'un grand danger. Je remarquai également qu'un brouillard vert semblait tomber peu à peu du ciel ; un brouillard si dense que les oiseaux-hyènes ne pouvaient pas le traverser et étaient obligés de descendre vers la Cité avec lui. Ils évitèrent tous de se poser près du palais, cependant. Lorsqu'ils furent à une cinquantaine de pieds du sol ils partirent en bandes compactes et bruyantes vers le quartier des dieux de la guerre, écrasés par le brouillard qui descendait toujours.

Tout fut noyé dans le Vert, tout à coup. Je ne voyais plus rien. Une pesante rosée perlait mon corps de gouttes froides et dures et j'avais peine à bouger. Soudain, le brouillard ondoya autour de moi, des spirales vertes se mirent à tourner à une vitesse folle et je me sentis léger . . . léger . . .

Une fois de plus je fus projeté dans l'espace. Je ne voyais rien sous moi, que le brouillard, mais un atroce vertige me secouait comme si j'avais été à une hauteur incalculable. J'allais de plus en plus vite, comme si . . . oui, comme si l'Oeuf me vomissait !

Juste avant de perdre connaissance, j'ai entendu le cri strident des deux dernières Khjœns et je me suis bouché les oreilles. Je ne pouvais plus rien pour la Cité.

* * *

Je me suis réveillé à l'endroit même où je me trouvais lorsque j'avais réussi à pénétrer dans l'Oeuf. Un rai de lumière barrait l'horizon. La lune se mourait derrière un nuage. Elle n'était plus à son plein . . . .

EPILOGUE

Oui, Ismonde a crié mon nom !

Vingt-cinq jours se sont écoulés depuis mon retour et la Lune est de nouveau ronde comme un œil maléfique ! La vie reprend peu à peu dans l'Oeuf sacré et tous les dieux m'attendent, la rage au cœur ! Si Ghô a assassiné un Grand Prêtre à chaque cérémonie depuis mon départ il n'en reste plus qu'un !

J'ai entendu la voix de la déesse-mère et je sais que les Warugoth-Shalas vont venir me chercher ! J'ai peur ! Je veux sauver la Cité, je veux devenir un Grand Initié, connaître les secrets de tous les Mondes existants et surtout sauver la Terre mais comment ferais-je pour atteindre le quartier de Wolftung avant qu'il ne soit trop tard ? Si Ghô tue les deux Suppliantes avant que je n'aie pu l'en empêcher, le Monde entier est condamné à mourir dans l'ignorance ! Et si Ghô s'empare de moi et m'oblige à le ramener sur la Terre après avoir détruit l'Oeuf sacré de M'ghara, la planète entière est condamnée à périr sous son joug !

Dieu ! Les Warugoth-Shalas ! Je les entends venir ! Ma maison tremble ! Je suis perdu ! Mais qui sont ces êtres . . . Les Grands Prêtres ! Ghô n'a pas réussi à les

tuer ! Ils viennent pour me sauver ! Ah ! Les Warugoth-
Shalas viennent derrière eux ! Ce vacarme ! Cet ouragan :
Ismonde a encore crié ! Une bataille épouvantable s'est en-
gagée entre les Grands Prêtres et les Warugoth-Shalas ! Ma
maison est pleine d'être étranges et monstrueux qui se battent
pour s'emparer de moi !

Et par-dessus tout cela, les Khjœns hurlent !

Ismonde a encore crié mon nom !

Dieu Tout-Puissant, vous qui dirigez la destinée de la
Création entière, vous que M'ghara lui-même appelait à son
secours dans le palais de plomb, SI VOUS EXISTEZ QUEL-
QUE PART, AYEZ PITIE DE MOI !

F I N

Acapulco,
janvier-mars 1968

— — — — — — — — —

DOSSIER

LA CITÉ DANS L'OEUF

(texte inédit de Michel Tremblay)

En décembre 1967 j'obtenais ma première bourse du Conseil des Arts du Canada. Je partis donc pour le Mexique en janvier 1968. C'était mon premier grand voyage. Je n'avais jamais pris l'avion, j'étais à peine sorti de Montréal à quelques reprises (la Gaspésie, avec mes parents, en 1956, puis New York et les chutes du Niagara également avec mes parents); ce fut donc une révélation. J'y séjournai deux mois, à Acapulco, dans un ravissement total après les années sombres que je venais de vivre (trois ans comme linotypiste, puis un an et demi comme vendeur au département des costumes de Radio-Canada). Ainsi naquirent *La cité dans l'oeuf* et *La duchesse de Langeais*, deux oeuvres bien différentes, les seules que j'aie jamais écrites en alternance.

Je voulais faire de *La cité dans l'oeuf* un roman fantastique structuré comme une histoire policière, le *suspense* policier étant presque plus important que le fond imaginaire. François Laplante fils, le héros, est non seulement victime d'une histoire abracadabrante plus grande que lui, mais il en est aussi l'investigateur, le « Maigret », la « Miss Marple ». À noter également: l'importance de la lune d'août, déjà, dix-sept ans avant *Albertine, en cinq temps*.

Je crois qu'il faut suivre les aventures de François Laplante fils sans trop essayer d'en décortiquer les symboles, comme on lit un bon roman policier sans chercher à surprendre les invraisemblances.

Michel Tremblay

le 11/3/85

EXTRAITS DE LA CRITIQUE

Au début, je n'ai pas voulu faire l'imbécile, je n'ai pas marché, je refusais de croire au récit du jeune Laplante. Son oeuf me paraissait très drôle. Cet oeuf-là, on n'en rit plus quand on s'aperçoit qu'il est sacré, qu'il est porteur d'un monde fabuleux, horrible et fascinant. Il est impossible de reprenddre le récit de Tremblay, il est farci de situations absurdes, cocasses, de noms rares, de personnages monstrueux — nains, femmes de métal, dieux déchus, êtres physiquement inimaginables et répugnants. Bosch a rencontré Goya, et ils ont inventé cette planète verte vouée à la destruction. Les longues explorations de François Laplante nous saisissent parfois d'horreur.

André Major
Le Devoir, 1er mars 1969.

J'ignore jusqu'à quel point l'art et la cruelle mythologie aztèques ont inspiré ce livre étrange, mais depuis ma tardive découverte d'« Alice au pays des merveilles », je n'ai guère lu de récit où l'on avait abordé le fantastique avec autant d'aisance et d'efficacité.

Paule Saint-Onge
Châtelaine, avril 1969.

Cet oeuf du Grand Ailleurs change de couleur tous les mois comme une femme. Que va-t-il arriver à François Laplante fils? Entre Voltaire, Sterne, Jean Ray, Mrs. Blavatsky et la mythologie, Michel Tremblay vient de se frayer un chemin dont les sinuosités sont si effrayantes, si pures et si belles que seul un autre roman signé de son nom pourrait y porter atteinte.

Emmanuel Cocke
Lettres et Arts, *Photo-Journal*,
19-26 février 1969.

Moïse, Melchisédech, Pythagore, Akhenaton et sa femme Néfertiti, Bouddha, Prométhée, Zoroastre, Apollon, Hermès. La présence de tous ces « grands initiés de l'Histoire » est requise pour l'Initiation de François Laplante, fils. Pourquoi cette cérémonie? Elle permettra à un humain de devenir le sauveteur de la Cité des dieux et de l'Univers. Ainsi l'unique mythe de la pensée religieuse de l'Humanité à n'avoir pas été mentionné dans le roman, celui du Christ, devient celui qui est le plus utilisé dans le roman, parce qu'il est au coeur de l'aventure fantastique de François Laplante. (...) Dans l'ensemble, *La cité dans l'oeuf* est un récit touffu, violent, qui conserve, malgré la lenteur de son début et malgré une morale très terrienne, une étrangeté attirante.

André Turcotte
Livres et auteurs québécois, 1969.

La cité dans l'oeuf repose sur la métamorphose périodique d'un oeuf, microcosme où le héros se trouve lancé dans un formidable rite d'initiation où son existence même est sans cesse menacée. Contrairement aux *Contes pour buveurs attardés*, tout changement ne corrompt pas nécessairement: l'héritage améliore momentanément le sort de Laplante fils, la nuit donne une perception sublime des choses abominables et, à la fin, la cité semble renaître, rajeunie par une clarté de plus en plus grande. Toutefois, la majorité des métamorphoses suivent la ligne de dégradation des *Contes;* le peuple devient hostile, l'espace fond, disparaît ou devient sale et désert, l'homme éprouve l'envie de tuer ou se trouve changé en nain affreux, en monstre mi-reptile, mi-oiseau.

Léonce Cantin
Québec français, décembre 1981.

ÉTUDES SUR L'OEUVRE DE
MICHEL TREMBLAY

L'oeuvre abondante de Michel Tremblay a été l'objet de nombreuses études. Nous conseillons aux lecteurs de se référer au numéro spécial « *Michel Tremblay* » de la revue *Voix et images* (vol. VII, no 2, hiver 1982). Ce numéro contient une entrevue et une très impressionnante bibliographie de Michel Tremblay.

OEUVRES DE MICHEL TREMBLAY

ROMANS

Contes pour buveurs attardés
    Les Éditions du Jour, Montréal, 1966.
    Collection Québec 10/10, n° 75, 1985.
    Traduction anglaise par Michael Bullock, *Stories for Late Night Drinkers*, Intermedia, Vancouver, 1977.

La cité dans l'oeuf
    Les Éditions du Jour, Montréal, 1969.
    Collection Québec 10/10, n° 74, 1985.

C't'à ton tour, Laura Cadieux
    Les Éditions du Jour, Montréal, 1973.
    Collection Québec 10/10, n° 73, 1985.

La grosse femme d'à côté est enceinte
    Les Éditions Leméac, Montréal, 1978.
    Traduction anglaise par Sheila Fischman, *The Fat Woman Next Door is Pregnant*, Talonbooks, Vancouver, 1981.

Thérèse et Pierrette à l'école des Saints-Anges
    Les Éditions Leméac, Montréal, 1980.
    Traduction anglaise par Sheila Fischman, *Thérèse, Pierrette and The Little Hanging Angel*, McClelland & Stewart, Toronto, 1984.

La duchesse et le roturier
    Les Éditions Leméac, Montréal, 1982.
    Les Éditions Grasset, Paris, 1984.

Des nouvelles d'Édouard
    Les Éditions Leméac, Montréal, 1984.

PIÈCES DE THÉÂTRE

Les belles-soeurs
    Les Éditions Leméac, Montréal, 1972.
    Traduction anglaise par John Van Burek et Bill Glassco, *Les belles-soeurs*, Talonbooks, Vancouver, 1974.

Trois petits tours
> Les Éditions Leméac, Montréal, 1971.
> Traduction anglaise par John Van Burek, *La duchesse de Langeais & Other Plays*, Talonbooks, Vancouver, 1976.

En pièces détachées
> Les Éditions Leméac, Montréal, 1970.
> Traduction anglaise par Allan Van Meer, *En pièces détachées*, Talonbooks, Vancouver, 1975.

La duchesse de Langeais
> Les Éditions Leméac, Montréal, 1973.
> Traduction anglaise par John Van Burek, *La duchesse de Langeais & Other Plays*, Talonbooks, Vancouver, 1976.

Demain matin, Montréal m'attend
> Les Éditions Leméac, Montréal, 1972.

Les paons
> Centre d'essai des auteurs dramatiques (CEAD), Montréal, 1969.

À toi, pour toujours, ta Marie-Lou
> Les Éditions Leméac, Montréal, 1971.
> Traduction anglaise par John Van Burek et Bill Glassco, *Forever yours, Marie-Lou*, Talonbooks, Vancouver, 1975.

Hosanna
> Les Éditions Leméac, Montréal, 1973.
> Traduction anglaise par John Van Burek et Bill Glassco, *Hosanna*, Talonbooks, Vancouver, 1974.

Bonjour, là, bonjour
> Les Éditions Leméac, Montréal, 1974.
> Traduction anglaise par John Van Burek et Bill Glassco, *Bonjour, là, bonjour*, Talonbooks, Vancouver, 1974.

Les héros de mon enfance
> Les Éditions Leméac, Montréal, 1976.

Surprise! Surprise!
Les Éditions Leméac, Montréal, 1977.
Traduction anglaise par John Van Burek, *La duchesse de Langeais & Other Plays*, Talonbooks, Vancouver, 1976.

Sainte Carmen de la Main
Les Éditions Leméac, Montréal, 1976.
Traduction anglaise par John Van Burek, *Sainte Carmen of the Main*, Talonbooks, Vancouver, 1981.

Damnée Manon, sacrée Sandra
Les Éditions Leméac, Montréal, 1977.
Traduction anglaise par John Van Burek, *Damnée Manon, sacrée Sandra*, Talonbooks, Vancouver, 1981.

L'impromptu d'Outremont
Les Éditions Leméac, Montréal, 1980.
Traduction anglaise par John Van Burek, *The Impromptu of Outremont*, Talonbooks, Vancouver, 1981.

Les anciennes odeurs
Les Éditions Leméac, Montréal, 1981.
Traduction anglaise par John Stowe, *Remember me*, Talonbooks, Vancouver, 1984.

Albertine, en cinq temps
Les Éditions Leméac, Montréal, 1984.
Traduction anglaise par John Van Burek et Bill Glassco (à paraître).

TABLE

	Page
Préambule	13
Liminaire	17
Première partie : Avant	37
Intercalaire	59
Deuxième partie : La Cité	65
Intercalaire	77
Premier quartier : Ghô	81
Intercalaire	113
Deuxième quartier : Lounia	119
Intercalaire	133
Troisième quartier : Anaghwalep et Waptuolep	137
Intercalaire	149
Quatrième quartier : Wolftung	153
Intercalaire	167
Cinquième quartier : Ismonde et M'ghara	171
Epilogue	179
Dossier	
La cité dans l'oeuf	185
Extraits de la critique	186
Études sur l'oeuvre de Michel Tremblay	188
Oeuvres de Michel Tremblay	189

Achevé d'imprimer au Canada
sur les presses de
l'Imprimerie Gagné Ltée
Louiseville